내 서랍 속 작은 사치

내 서랍 속 작은 사치

이지수 에세이

낮은산

차례

2부 오늘의 가장 좋은 순간

3부 지도 밖에서도 인생은 계속된다

프롤로그

함께 반짝이는 것을 밟고

얼마 전부터 조깅을 시작했다. 일직선으로 뻗어 있는 집 앞 해안 공원을 끝에서 끝까지 뛰면 1킬로미터쯤 되는데, 그 구간을 왕복하는 것이 나의 달리기 코스다. 코스 중간에는 돔 지붕을 얹은 신전처럼 생긴 조형물이 있다. 시작 지점에서 그걸 향해 달리면서 내가 하는 생각은 딱 하나다. 저기까지만 뛰고, 그다음부터는 걷자.

그런데 신기하게도 거기까지 뛰고 나면, 분명 방금 전까지 숨이 너무 찼는데 조금 더 뛸 수 있을 것 같아진다. 저 벤치까지만 더 뛰어 볼까, 진짜 저 나무까지만 뛰어야지, 그런 식으로 나는 종종 신전을 지나 길 끝까지 달려간다. 어느새 나는 1킬로미터를 안 쉬고 달릴 수 있는 사람이 되었다.(그리고 돌아오는 길에는 600미터를 걷고 400미터는 천천히 뛴다……. 언젠가는 2킬로미터를 완전히 달릴 수 있는 사람이 되겠지.)

이 책은 3년 전 한 일간지에 쓴 글로부터 시작되었다. 김애란 작가의 산문집 『잊기 좋은 이름』 속 문장에서 빌려 온 그 글의 제목은 '사치와 허영과 아름다움'이었다. 그리고 1년 반 뒤, 우연히도 내 생일에 나는 한 통의 메일을 받게 된다. 보낸 사람은 낮은산 출판사의 강설애 편집자였다. 그는 나의 그 글이 오랫동안 머릿속에 남아 있었다며, 그런 글들을 더 써서 일상 속 작은 사치에 관한 책을 내 보자고 제안했다.

김애란 작가의 글에서 사치란 생존에 꼭 필요하지 않더라도 어떤 시간을 견딜 수 있게 도와주는 무언가였다. 그런데 나한테 그런 무언가가, 과연 책 한 권을 채울 수 있을 만큼 많이 있을까?(메일을 받고 그 자리에서 떠오른 것은 아이패드와 에어팟 프로밖에 없었다…….) 휴대폰 메모장에 글감 목록을 적어 보며 고민하다가, 에라 모르겠다 하고 덥석 계약해 버렸다. 못할 것 같은 일에 도전해 보는 것도 그해의 목표 중 하나였기 때문이다.

나는 지금까지 세 권의 공저를 포함해 다섯 권의 책을 냈다. 그 책들의 주제는 하루키, 육아, 영화, 책 등 내 삶에서 넓은 자리를 차지하고 있는 것들이었다. 그걸 다 쓰고 나니 더는 무언가를 쓸 수 없을 것 같았다. 원래 가진 서랍이 많지 않은 인간이 이미 서랍 속을 다 털어서 보여 줬다는 느낌이었다.

대단한 글을 쓰겠다는 야심은 애초에 없었다. 다만 나는 내가 텅 빈 서랍으로도 무언가를 더 쓸 수 있을지 궁금했다. 그래서 아무 글자도 없는 흰 화면이 숨 막히게 막막한 날에도, 사흘 동안 끙끙대며 쓴 글을 전부 지워 버린 다음 날에도, 마음이 산란해 손가락조차 움직일 수 없을 것 같은 날에도 무작정 컴퓨터 앞에 앉았다. 한 문단만 더 쓰자, 한 편만 더 완성해 보자, 늘 그런 마음이었다.

물건에서 시작한 글은 점차 공간으로, 취미로, 행위로 확장되었다. 내가 쓰는 글들은 제멋대로 원래 주제였던 '사치'의 영역을 벗어났다. 정신을 차리고 보니 원고 파일에는 내가 좋아하는 것들이 와글와글 모여 있었다. 그리고 지금 내 손 안에는 이렇게도 책 한 권을 완성할 수 있다는 실감이 남아 있다. 그건 저기까지만, 저기까지만, 하고 뛰다 보면 어느새 공원 끝까지 당도해 있는 달리기와도 비슷한 느낌이다.

본문의 글 스물아홉 편에는 일간지에 실었던 글 네 편과 문예지에 실었던 글 한 편이 포함되어 있다. 이 다섯 편은 살을 붙여 개고했으며, 나머지는 전부 새로 썼다. 쓰면서 이런 글들이 과연 종이에 인쇄될 가치가 있는지 자주 확신을 잃었지만, 그때마다 초고를 미리 본 강설애 편집자가 해 준 말을 떠올렸다. "그러거나 말거나 내가 좋으니까 상관없어요." 나는 그 말을 믿고 내게 주어진 백지를 모두 채울 수 있었다. 이제야 내 서랍 속에는, (김애란 작가의 표현을 다시 빌리자면) '밟고 건널 수 있는 반짝이는 것'들이 차고 넘치게 많았음을 깨닫는다.

지금 나는 편집자에게 완성 원고를 보내기 직전에 이 글을 쓰고 있다. 아직은 한글 파일로만 존재하는 이 320킬로바이트짜리 글 뭉치가 어떤 제목을 달고 어떤 옷을 입게 될지 전혀 감이 오지 않는다. 바라건대 이 책을 완성한 것이 나만의 자기만족이 아니기를. 누군가의 일상에 작은 즐거움이 될 수 있기를. 이 책을 손에 들어 주신(전자책이라면 다운로드해 주신) 분들께, 우리 함께 '반짝이는 것을 밟고' 오늘을 건너가 보자고 말하고 싶다.

가을 문턱에서

이지수

(1부)

내 서랍 속 작은 호사들

첫째의 물건, 둘째의 물건

남편이 묻는다. "너의 드림 카는 뭐지?" 나는 망설임 없이 대답한다. "중고차."

이건 우리 사이의 오래된 농담이다. 손톱만 한 스크래치에도 밤잠을 못 이루는 자(남편)와 '문콕'을 당해도 태연한 자(나)가 함께 차를 사용하며 다년간의 신경전을 벌여 온 역사가 만들어 낸 그런 농담…….

남편에게는 차를 타기 전에 한 번, 차에서 내린

뒤에 한 번, 차 주변을 한 바퀴 도는 습관이 있다. 이유를 물어보면 "그냥" 하고 얼버무리지만 나는 안다. 그것이 새로운 스크래치가 생겼는지 매의 눈으로 체크하는 행동임을. 우리 차가 슈퍼 카라도 되는가 하면 그렇지도 않다.(평범한 소형차다.) 하지만 종류가 뭐든 간에 똑같은 마음으로 아껴 줘야 한다는 것이 남편의 지론이다. 맞는 말이긴 하지만, 그렇다고 1밀리미터짜리 찍힌 자국도 귀신같이 찾아내어 일일이 풀 죽는 모습을 보다 보면 차라리 스크래치가 나든 말든 티가 안 날 정도로 낡아 빠진 중고차를 타고 싶어진다…….

남편은 차뿐만 아니라 자신의 모든 물건을 그런 식으로 아낀다. 물건이 많아지면 그만큼 번뇌가 늘어나리라는 사실을 본인이 가장 잘 알기에 웬만해선 뭘 사지도 않지만, 꼭 필요한 게 생기면 몇 주 동안 고민하며 정보를 꼼꼼히 수집해 비교 분석한 다음 가장 좋다는 확신이 드는 제품으로 산다. 또 중고는 미개봉품이라도 절대 구입하지 않으며, 일단 산 물건은 새것과 같은 컨디션으로 유지하는 데 열과 성을 다한다. 예컨대 보드게임이라면 스코어를 기록하라고 들어 있는 메모장조차 쓰지 않는다. 삼백 장 중 단 한 장도 말이다……. 그리고 그런 물건들은 십중팔구 지나치게 아낌당한 나머지 제 역할을 해낼 기회를 얻지 못하고 서랍이나 수납장 한구석에서 영원히 잠드는 운명을 맞이한다.

포장도 뜯지 않은 학용품 세트, 잉크가 굳어 버린 근사한 볼펜, 예쁘다는 이유로 한 번도 쓰지 않은 색연필. 초등학생 때 선물 받았다는 그 불쌍한 아이들은 남편이 대학교를 졸업할 때까지도 세상 빛을 보지 못했고, 지금은 어디로 사라졌는지 알 길이 없다. 하지만 종종 안타까운 결과를 초래하는 그러한 습성을 남편은 중년이 된 지금까지도 유지하고 있다. 아껴서 똥 만들기 챔피언십이 있다면 우승은 따 놓은 당상일 것이다.

반면 나는 마구 쓸 수 있는 물건을 마구 쓸 수 있는 가격으로 사는 것을 좋아한다. 중고 거래도 서슴없이 하고, 여행지에서는 빈티지 가게를 일부러 찾아다니며, 구입한 물건은 너덜너덜해질 때까지 쓰면서 그 너덜너덜해짐에 희열을 느낀다.(내가 이 녀석을 이만큼 알차게 활용했다니!) 이런 차이를 나는 오랫동안 성격

탓으로만 여겨 왔는데, 얼마 전 『차녀 힙합』이라는 책을 읽다가 어느 대목에서 눈이 번쩍 뜨였다.

언니는 함께 입는 옷에 툭하면 뭘 묻혀 오는 나의 무심함에 치를 떨었다. 조금 변명을 하자면, 나는 새것을 애지중지해 본 경험이 별로 없다. 항상 조금 닳은 옷, 올해까지만 입고 버리면 딱인 옷을 입고 활보했고 유행이 지나간 물건을 썼다. 조심스러움이 몸에 밸 기회가 없었다. 애착을 형성할 만큼 특별한 물건을 가져 본 적도 거의 없다.✦

이 글의 모든 문장이 내가 쓴 게 아닌가 의심될 정도로 가슴에 팍팍 꽂혔다. 그렇다. 나 역시 차녀……! 태어날 때부터 새 물건으로 둘러싸이는 첫째와 달리, 둘째에게는 물건을 애지중지할 기회가 애초에 주어지지 않는 것이다.(그리고 당연히도 남편은 장남이다…….)

오래된 기억 하나가 수면 위로 떠오른다. 언니가

✦ 『차녀 힙합』 110쪽, 이진송 지음, 문학동네, 2022.

대학생 때, 판매원의 상술에 넘어가 휴대폰을 최신형으로 바꿔 온 적이 있다. 광고 사이트에 들어가서 팝업 광고를 하루에 몇십 개씩 보는 조건으로 공짜나 다름없이 바꿨다고 했다. 며칠 뒤 언니와 길을 걷던 나는 그 휴대폰—스카이의 새하얀 폴더폰이었다—을 들고 있다가 손에서 미끄러지는 바람에 콘크리트 바닥에 세차게 떨어트리고 말았다. 파들파들 떨면서 주워 보니 깐 달걀처럼 매끄러웠던 가장자리가 움푹 파여 있었다. 나는 즉시 언니에게 사과했고(내가 지금까지 관찰한 바로는 재깍재깍 사과를 잘하는 것 역시 둘째를 비롯한 동생들의 특성이다. 동생들에게는 자존심보다 첫째와 얼른 화해하고 노는 것이 더 중요하다), 언니는 거의 울 것 같은 표정으로 내 손에서 휴대폰을 낚아채 성큼성큼 혼자 걸어가 버렸다.

저녁 내내 컴퓨터 앞에 앉아서 30초마다 새로운 광고를 클릭해 대던 언니의 뒷모습을 생각하면 마땅히 납죽 엎드려서 언니의 분이 풀릴 때까지 싹싹 빌어야 했지만, 소중한 물건이 별로 없었던 나는 고작 '물건'을 그렇게까지 아끼는 심리를 이해하지 못했다. 어차피 쓰다 보면 낡는 게 물건이잖아? 일부러 그런 것도 아닌데, 야속하다, 야속해!

(내 기억이 맞다면) 그 뒤 나는 자진해서 광고 보기 노동을 며칠 동안 떠맡았다. 미안함도 있었지만 그보다는 언니와의 어색한 분위기를 풀고 싶은 마음이 더 컸다. 물건 소중한 건 몰랐지만 (한 시간에 한 번씩 개싸움을 벌이는 상대라 해도) 언니 소중한 건 알았으니까. 그리고 그로부터 이십몇 년이 지난 어느 날, 여전히 물건 아낄 줄 모르는 이 차녀는 자동차 앞문에서 새로운 스크래치를 발견해 얼굴이 한껏 구겨져 버린 남편에게 "티도 별로 안 나는데 그렇게까지 마음 상할 일이야?" 라고 쏘아붙인 후 그날 밤 조용히 주차장으로 내려가 극세사 타월에 컴파운드를 묻혀 해당 부분을 문지르게 된다. 나야 그 정도 스크래치에는 눈 하나 깜짝하지 않지만 남편은 피눈물을 흘린다는 것을 알고 있으니까. 그리고 아마도 그건, (남편에게는 말하지 않았지만) 높은 확률로 내가 낸 스크래치일 테니까…….

첫째들의 습성에 대해 놀림조로 마구 써 놓고 막판에 이런 이야기를 꺼내는 건 약간 찔리지만, 사실 나는 물건을 소중히 여기는 사람들이 싫지 않다. 그들의 자기 물건에 대한 지나친 애정과 관심, 소유물에 이는 미미한 바람에도 괴로워하는 까탈스러움에는 좀 질릴 때가 있어도(미안) 이러나저러나 무언가를 아낀다는 건 존중받아 마땅한 마음이 아닌가 싶다. 나 또한 남편과 살면서 조금은 변했다. 이제는 좀 비싸더라도 오래 쓸 수 있는 것을 사려고 노력하고(여전히 심호흡은 필요하다), 물건들을 항상 제자리에 잘 놓아두는 데서 작은 희열을 느낀다.(무언가를 아끼는 행위는 그 물건의 장소를 지정하는 것에서부터 시작된다.)

한편 남편은 무엇이 변했는가 하면, 물건이 파손될 때마다 함께 파손되는 마음을 전보다 훨씬 빨리 복구시키는 능력을 가지게 되었다. 그러나 물건을 덜 아끼게 되는 식의 변화는 좀처럼 일어나지 않아서, 그의 옷장에는 몇 달 전에 샀지만 여태 비닐 포장도 뜯지 않은 옷이 여러 벌 들어 있다. 아직 새 옷을 입을 '마음의 준비'가 되지 않았다고 한다. 옷감이 삭기 전에는 세상 빛을 보겠지, 하면서도 또 새로운 똥이 생성될까 봐 내가 다 조급해진다. 세상의 첫째들에게 묻습니다. 당신들 서랍 속 새 학용품을 동생이 몰래 가져다 쓰는 게, 아끼다 똥 되는 것보다는 낫지 않습니까?

책갈피

'책갈피로 쓰는 것과 책갈피로 쓰지 않는 것'이라는 글을 본 적이 있다. 오래전에 봐서 기억이 정확지는 않지만 대충 이런 식이었다.

책갈피로 쓰는 것: 영수증, 껌 종이, 새 옷 태그, 연필, 면봉, 남의 명함, 나뭇잎, 안경닦이, 기타 등등.

책갈피로 쓰지 않는 것: 책갈피.

이 게시물이 너무 웃겼던 이유는 그것이 평소의 내 독서 습관과 정확히 일치했기 때문이다. 이런 문제가 일어나는 건 다 내가 책을 한 군데서 읽지 않아서다. 나는 번역 작업을 하는 내 방에서도, 거실 소파에서도, 거실 리클라이너 의자에서도, 안방 침대에서도 책을 읽는데 심지어 그게 각각 다른 책일 때가 많다. 그래서 그때마다 손에 집히는 물건을 책갈피로 쓴다. 정식(?) 책갈피는 책상 서랍에 있지만, 독서를 멈출 때마다 내 방 책상까지 가서 서랍을 열어 책갈피를 찾아 끼우기란 무척 귀찮은 일이니까.

그렇다면 여러 개의 책갈피를 집의 온갖 장소에 뿌려 두면 되지 않느냐는 의문이 생길 텐데, 그 또한 어렵다. 분명 서랍 속에 모아 둔 책갈피들이 어느 순간 일제히 사라져 버리는 신비로운 현상이 주기적으로 일어나기 때문이다. 좋아하는 작가의 사진전 기념품이었던 렌티큘라 책갈피, 친구가 도서전에서 구해다 준 캐릭터 책갈피, 관광지의 한 서점에서 책을 사고 받은 기념품 책갈피, 토토로와 나뭇잎이 양쪽 끝에 달린 끈 책갈피, 한 상자쯤 있었던 클립 책갈피 모두 그런 식으로 증발했다. 아마도 내가 딴 곳에 두고는 서랍 속에 넣어 뒀다고 착각했거나, 다른 서랍에 잘못 들어갔거나 한참 전에 읽던 책에 끼워 놓고 까먹었겠지. 혹은 내 서랍에 책갈피를 갉아 먹고 사는 작은 요정이 숨어 있을 수도……?(농담이 아니다.)

여러 책을 동시에 읽는 버릇도 책갈피가 사라지게 만드는 원인 중 하나다. 드물게 책갈피를 옆에 두고 독서를 시작하더라도 A라는 책을 읽다가 책갈피를 끼운 뒤 B를 읽고, 다음 날 C와 D를 펼쳤다가 A에 대해 몇 달쯤 까먹으면 책갈피는 어느새 증발해 있다. 그래서 B와 C와 D에는 사탕 껍질과 티백 포장지와 화장지가 꽂혀 있는 불행한 사태가 발생한다. 대체 출판사에서 책갈피로 쓰라고 (양장본에) 멀쩡히 달아 놓는 가름끈은 어째서 절대 사용하지 않는 것인지 나조차 잘 모르겠다. 그걸 책장 사이에서 빼내다가 종이에 손을 호되게 베인 적이라도 있었나?

나라고 처음부터 온갖 잡동사니를 책갈피로 활용했던 것은 아니다. 사탕 껍질을 책갈피로 쓰는 인간이 하는 말이니 믿기 힘들 수도 있지만, 나는 책을 상당히 깨끗하게 보는 편이다. 밑줄을 긋지 않는 것은 물론이고 이십 대 중반까지만 해도 귀퉁이를 접는 것조차 싫어했다. 읽다 만 책은 아무 표시 없이 페이지만 기억해 뒀다가 나중에 독서를 이어 가고는 했다. 손상이 잘 되는 띠지나 책 중간에 끼워 두면 모양이 볼록해져 복원이 안 되는 책날개를 책갈피로 쓰는 건 상상도 못 할 일이었다.

그런데 언젠가 KTX를 탔을 때, 대각선 맞은편의 사람이 책을 보다가 내릴 역이 다가오자 등받이 수납그물 속 KTX 매거진의 광고 페이지를 북 찢어서 자기가 보던 책에 끼우는 장면을 목격했다. 모두가 함께 보는 잡지를 훼손하는 행위의 비도덕성은 둘째 치고, 그 동작의 호쾌함에 나는 조금 설렜다. 그 뒤로 나도 버릴 잡지나 신문지 귀퉁이를 찢어서 책갈피로 활용하기 시작했고, 점차 범위가 확대되어 이제는 띠지도 처음부터 벗겨 책갈피용으로 납작하게 접어 버리기에 이르렀다. 기억하고 싶은 대목이 나오면 책 귀퉁이도 가끔 접는다. 밑줄은 중고 처분이 힘들어지므로 여전히 잘 긋지 않지만…….

이런 나의 독서 습관이 요즘 다시 바뀌고 있다. 베트남 여행을 갔다가 기념품 가게에서 핸드메이드

천 책갈피를 사 왔는데, 그것이 너무나 마음에 든 나머지 책을 읽기 전에 반드시 옆에 두게 된 것이다. 가끔은 그 책갈피를 손에 쥔 채 천의 촉감을 느끼며 책을 읽기도 한다. 주황색의 긴 직사각형 천에 빨간 술이 달린 제품인데, 천이 적당히 빳빳해서 책 사이에 기분 좋게 착 끼워진다. 책을 닫았을 때 위로 튀어나오는 술의 모양도 귀엽다. 심지어 이 책갈피를 끼웠던 책(A)을 읽다가 다른 책(B)으로 넘어가고 싶어지면, A에 앞에서 열거한 잡동사니 중 하나를 끼운 뒤 B에 이 책갈피를 쓴다. 이 책갈피를 쓰고 싶다는 이유로 잔뜩 사 둔 전자책들의 순서를 종이책 뒤로 미룬 적도 있다. 그야말로 애착 책갈피가 된 것이다.

나를 완전히 사로잡은 이 사랑스러운 책갈피의 가격은 한국 돈으로 약 4천 원. 1, 2천 원이면 밥 한 끼를 푸짐하게 먹을 수 있는 현지 물가를 생각하면 결코 싼 가격은 아니었지만, 너무나 만족도가 컸기 때문에 여행 마지막 날 선물용으로 몇 개를 더 사려고 그 기념품 가게를 다시 찾았다. 현금이 다 떨어진 탓에 아멕스 카드 한 장만 들고 가 색깔별로 신나게 장바구니에 쓸어 담았는데, 결제할 때 비로소 그 가게에서 아멕스를 받지 않는다는 사실을 알게 되었다. 베트남의 뙤약볕을 견디며 도보 15분 거리에 있는 숙소로 되돌아가 다시 다른 카드를 가져오는 건 무리였다. 현금이 없으니 택시도 탈 수 없었다. 처음 갔을 때 여러 개를 살 것을. 그 정도 사치는 부려도 좋았을 텐데, 두고두고 아쉬운 마음이 든다.

그나저나 이 글을 쓰면서 책상 서랍에서 실종되었던 책갈피 세 개를 자잘한 물건들 사이에서 찾아냈다.(책갈피를 갉아 먹는 요정의 짓이 아니었다니!) 내가 번역한 책의 사은품이었던 양면 자석 책갈피, 12년 전 도쿄 도서전에서 사 온 스티커형(이지만 점착력은 이미 없어진 듯한) 책갈피, 아들 유하가 준 학습지 캐릭터 책갈피다. 이 책갈피들을 보니 얼른 책 사이에 꽂아 제 역할을 다하게 만들어 주고 싶다. 어릴 적 그랬던 것처럼 베개 옆에 책을 열 권씩 쌓아 두고 하루에 몇 권씩 읽고 싶다. 그리고 그 책들 위로 삐죽 튀어나온 다채로운 책갈피들의 머리를 바라보다가 잠들고 싶다. 다음 날의 메뉴 고민이나 마감 걱정 없이, 오로지 그렇게만 하고 싶다.

핸드크림

언제부턴가 샤워를 한 뒤 곧바로 로션을 바르지 않으면 얼굴과 몸이 건조해 죽을 것 같다. 중·고등학생 때는 얼굴에 기름이 하도 많아서 이쯤 되면 우리나라도 산유국이 아닌가 싶을 정도였고 이십 대 시절만 하더라도 파우치 속 필수품이 기름종이였는데, 얼마 전 화장대를 정리하다가 포장도 뜯지 않은 새 기름종이가 나와서 깜짝 놀랐다. 심지어 구입한 지 10년도 더 된 것이었다. 나는 이제 기름종이가 필요 없는 쪽의 인간이 되었고, 더는 경계선을 넘어 저쪽으로 되돌아갈 수 없는 것이다.

건조한 것은 얼굴과 몸통뿐만이 아니다. 요즘 내 손은 씻은 뒤 무심코 방치하면 가뭄으로 갈라진 논바닥이 된다. 파우치 속 필수품의 지위는 기름종이 대신 핸드크림이 차지한 지 오래고, 책상 위에도 언제나 핸드크림이 놓여 있다.

한때 로펌에서 비서로 일한 적이 있다. 말쑥한 정장에 날렵한 하이힐, 잘 관리된 반짝이는 손톱. 동료 비서들은 직장인의 세련미를 인간으로 구현해 놓은 듯한 모습이었지만 나는 그런 것과 거리가 멀었다. 나에게 하이힐은 고문 기구나 다름없었고, 어째서인지 손톱은 뭘 칠해 놓으면 몇 시간 안에 군데군데 벗겨져 버렸다. 게다가 옷에는 당시 원룸에서 함께 뒹굴며 지내던 반려묘 조르바와 디의 털이 항상 묻어 있었다. 광화문 오피스가의 대형 로펌과 나는 전혀 어울리지 않는 조합이었지만, 이런 나라도 한 가지 아이템만은 동료들을 따라 할 수 있었다. 당시 우리 팀에서는 책상에 커다란 핸드크림을 놓고 쓰는 게 유행이었고, 그래서 나도 인생 최초로 3만 원이 넘는 핸드크림을 구입해 본 것이다. 록시땅의 라벤더 향 핸드크림이었다.

이십 대였던 그때까지만 해도 손을 씻고 핸드크림을 안 발라도 딱히 건조함을 느끼지는 않았다. 하지만 나는 꽤나 부지런히 사무실 책상에서 라벤더 향을 솔솔 피워 댔고, 거대한 치약 같던 대용량 용기는 팍팍 쪼그라들었다. 책상 위에 기분을 즉시 좋게 만들어 주는 물건이 하나 있는 건 생각보다 큰 위안이 된다. 없어도 살아가는 데 지장이 없지만 있으면 좋으니까 굳이 구입하는 것. 그런 카테고리로 묶을 수 있는 게 사치품이라면, 그때 핸드크림은 분명 나의 사치품이었다.(안 바르면 손에서 피가 날 것 같은 지금은 생필품이 됐지만.) 이 사치품 카테고리에 누군가는 그림을 넣을 것이고 또 누군가는 꽃이나 향초를 넣을 것이다. 어쨌거나 그 안에 들어 있는 게 다양한 사람이 나는 부럽다. 그는 분명 스스로를 행복하게 만드는 방법을 그만큼 많이 알고 있을 테니까.

제주도에 사는 이효리가 서울 지인들 집에 묵는 것을 예능으로 만든 〈서울 체크인〉이라는 프로그램이 있었다. 발레리나 윤혜진의 집에서 잔 다음 날 아침, 이효리는 거실에서 요가를 한 뒤 옆으로 누워 자기 어깨를 한참 쓰다듬었다. 그걸 볼 때 마침 같은 자세로 누워 있었던 나는 그 동작을 따라 해 봤다. 내가 나를 쓰다듬는 느낌은 당황스러울 정도로 낯설고 좋았다. 마치 내 손이 남의 손이 되어 심신을 어루만져 주는 기분이었다. '힐링' 같은 흔한 단어로 감상을 납작하게 정리해 버리고 싶지 않지만, 그 느낌은 정말로 힐링에 가까웠다. 많이 힘든 날이었던가……?

생각해 보면 얼굴이나 손이나 몸에 뭘 바를 때도 비슷한 감각을 느끼는 것 같다. 그럴 때면 필연적으로 내가 나를 어루만지게 되니까. 평소에는 키보드를 두드리거나 아이 밥을 차려 주거나 빨래를 개느라 바쁜 내 손이, 그때는 오로지 나만을 위해 움직이니까. 아무리 성분이 좋아도 무향이거나 향이 별로인 로션과 크림에는 도무지 마음이 가지 않는 건 그래서일 것이다. 가족과 함께 쓰는 제품이라면 이야기가 다르겠지만, 나만을 위한 '사치품'은 몸에 좋은 것보다 향이 좋은 것을 선택하고 싶다.

친구들과 카페에서 만날 때, 누군가가 화장실에 다녀온 뒤 가방에서 핸드크림을 꺼내면 너도나도 그 쪽으로 손등을 내민다. 자기 손등에도 좀 짜 달라는 뜻이다. 어떤 친구는 용기가 종이로 되어 있는 친환경 제품을 쓰고, 또 어떤 친구는 어쩐지 힙스터 전용일 듯한 브랜드의 제품을 사용한다. 인간이란 어쩜 이렇게 핸드크림 하나에도 각자의 가치관과 취향을 반영하고야 마는지, 정말 귀엽단 말이야……. 친구들을 만나고 집으로 돌아오는 길에는 오른손과 왼손에서 각각 다른 향기가 나고, 나는 버스 안에서 양 손등을 번갈아 킁킁대며 귀갓길의 외로움을 삭인다.

요즘은 카페나 식당 화장실에서도 르라보나 조말론 같은, 결코 저렴하다고 할 수 없는 브랜드의 핸드크림과 핸드워시를 종종 본다. 내 가방 속에는 늘 핸드크림이 있지만, 그런 제품을 발견하면 약간의 허영심과 호기심이 발동해 꼭 한번 써 본다. 유난히 향이 좋은 것은 제품명을 기억하기 위해 사진을 찍어 뒀다가 선물하기도 한다. 작고 비싼 물건은 자신을 위해 구입하려면 다소 용기가 필요하지만 다른 누군가에게 사 줄 때는 배포가 커지는 법이다.

그나저나 최근 좀 의아할 정도로 핸드크림 선물을 많이 받았다. 아무 날도 아닌데 친구가 템버린즈의 핸드크림을 택배로 보내 줬고, 생일에는 각각 다른 지인으로부터 핸드크림이 포함된 톤28의 선물 세트와 이솝의 레저렉션 아로마틱 핸드밤을 받았다. 지난 크리스마스에는 남편의 사촌 동생이 논픽션의 핸드크림을 사 줬다.(원래 선물 같은 걸 주고받는 사이가 아니다.) 언젠가는 다른 지역에 사는 사람에게 중고로 유아차를 팔았는데, 마침 근처를 지나갈 일이 있어서 직접 갖다줬더니 고맙다며 자그마한 체리 향 핸드크림을 줬다. 심지어 아이 보디로션을 샀을 때는 사은품으로 핸드크림이 딸려 오기도 했다.

혹시 이 우주에 핸드크림 순환 시스템이 있어서 만인이 만인에게 핸드크림을 보내는데, 그 흐름이 어쩌다 나에게로 몰린 걸까? 하지만 핸드크림처럼 작고 향기로운 것이라면 아무리 많이 쌓여 있어도 전혀 부담스럽지 않다. 줄 세워 놓은 녀석들 중 다음에는 무엇을 뜯어 쓸지 고민하는 것도 즐거운 오락거리다.

이 글을 쓰면서 나는 이솝의 레저렉션 아로마틱 핸드밤을 다섯 번쯤 발랐다. 귤 향기가 나는 손으로 키보드를 치면 상큼한 글이 나오지 않을까 기대했는데 그건 아닌 모양이다.

조명

남의 삶은 왜 늘 반짝반짝 빛나 보이는 것일까. 남편과 싸우고 쓰레기를 버리러 나온 나는 벤치에 주저앉아 아파트 앞 동의 빼곡한 창문들을 바라보며 생각한다. 땅에서 올려다보면 6층쯤부터는 거의 천장만 보인다. 어떤 집은 최근 인테리어 공사를 했는지 작고 둥근 LED 다운라이트만 깔끔하게 박혀 있다. 다른 층에 비해 천장고가 높은 꼭대기 층에는 샹들리에를 달아 놓은 곳도 있다.

내가 사는 전셋집은 아직도 모든 방의 조명이 LED가 아닌 형광등이다. 게다가 배선에 뭔가 문제가 있는지 서너 달에 한 번꼴로 등이 나간다. 처음 이사 왔을 때는 여러 개의 형광등이 들어가는 조명이면 색깔을 통일해 끼웠지만, 하도 자주 갈다 보니 어느 순간 마음을 내려놓았다. 나는 언제부터 왼쪽은 주광색, 오른쪽은 주백색인 도깨비 눈 같은 조명을 거슬려 하지 않는 사람이 되었나.

남의 집 천장 조명을 한참 구경하다 들어왔더니 식탁 위에 두고 갔던 휴대폰에 남편이 건 부재중 전화가 여러 통 와 있었다. 우리는 머쓱하게 화해했고 아무 일도 없었던 것처럼 나란히 누워 팔을 붙이고 잤다.

우리는 지은 지 수십 년 된 방 두 개짜리 아파트에서 신혼 생활을 시작했다. 당시 남편과 내가 각자 직장 생활을 하며 모은 돈에 받을 수 있는 대출금까지 다 합치자 간신히 그 집의 전세금이 되었다. 집주인은 마음껏 집을 고쳐 쓰라고 했다. 이미 더는 망가질 수 없을 정도로 낡은 집이었으니 '젊은 신혼부부'인 세입자가 뭐라도 해 주기를 은근히 바랐던 것 같다.

가구 리폼이 취미인 언니에게 주워들은 게 있어서 일단 흰색 무광 페인트와 젯소를 주문했다. 그리고 남편과 남편의 동생을 동원해 아침부터 저녁까지 때가 잔뜩 낀 옥색 문짝과 옥색 몰딩과 옥색 창틀을 흰색으로 칠했다. 그다음 주에는 을지로 조명 거리에서 조명을 샀다. 사방이 불빛으로 가득한 조명 가게는 세상의 온갖 반짝임을 다 모아 놓은 곳이었다. 카탈로그를 뒤져 가며 오래 고민한 끝에 부엌과 거실, 침실용으로 조명 세 개를 골랐다. 지금 생각해 보면 아주 세련되거나 고급스러운 제품은 아니지만 모두 내 눈에 좋아 보였기 때문에 의미가 있었다. 내가 살 공간의 조명을 직접 고르는 건 태어나서 처음이었고, 그건 생각보다 설레는 일이었다.

신혼집은 벽지와 장판, 조명을 교체한 뒤 입주 청소까지 마치자 새로 태어난 것처럼 말끔해졌다. 친정 부모님이 오셔서 알전구가 주르륵 달린 거실 조명을 보더니 저런 건 전기세가 많이 든다며 잔소리를 했지만 당시의 나에게는 그런 충고가 귀에 들어오지 않았다. 스무 살에 자취를 시작한 이후 처음으로 거실을 가져 본 자에게 그까짓 전기세가 대수였겠는가.

그렇게 정성 들여 집을 단장해 두었더니 계약 기간 2년이 끝나자마자 집주인은 이제 본인이 들어와 살겠다고 통보했다. 그러면서 조명이 예쁜데 두고 갈 거냐고 물었다. 우리는 웃음기 가신 표정으로 들고 갈 거라고 대답했다. 그리고 원래 그 집에 있었던, 커버는 어디론가 사라지고 네모난 철판에 일자 형광등 두 개만 덩그러니 달린 조명을 창고에서 꺼내 와 교체하고 이사했다. 우리의 조명은 새로 이사한 집으로 가져가서 부엌과 작은방, 안방에 각각 달았다.

두 번째 집 거실은 신혼집보다 훨씬 넓어서 거실용 조명이 새로 필요했다. 이번에는 인터넷으로 까만 원형 철제 프레임에 동그란 전구가 여러 개 달린 제품을 구입했다. 그사이 나는 회사를 때려치우고 전업 번역가가 되었는데, 작업실로 쓰던 작은방에서 거실을 바라보면 바닥의 흰색 러그부터 천장의 검고 둥근 조명까지 한눈에 들어왔다. 나의 반려묘 조르바와 디는 주로 그 러그 위에서 뒹굴거나 낮잠을 잤고, 나는 가끔 작업하던 손을 멈추고 그들을 바라보았다. 이제는 사무치게 그리운 풍경이다.

디는 누군가가 난폭하게 뒷장을 찢어 버린 책처럼 어느 날 갑자기 무지개다리를 건넜다. 벌써 7년 전 일이다. 올해 만 스무 살이 된 조르바는 지금 이 글을 쓰고 있는 내 허벅지 위에 웅크려 앉아 온기를 나눠 주고 있다. 언젠가 이것도 돌아가고 싶은 풍경이 될 거라고 생각하면 참을 수 없이 슬퍼진다. 불쑥불쑥 찾아오는 이 감정에는 아무리 노력해도 적응이 되지 않고, 자꾸만 마음이 어둡고 깊은 틈 속으로 미끄러져 들어간다.

뭐라도 붙들 것이 필요해지는 그런 때는 단단한 물성을 가진 것을 생각한다. 장정이 아름다운 책, 좋은 향기가 나는 비누, 매끈하고 아름다운 테이블 램프……. 그런 걸 떠올리면 살아 있는 게 조금은 괜찮아진다. 방금 전에는 루이스 폴센의 테이블 램프 '판텔라 포터블'을 (인터넷으로) 한참 구경했다. 그러나 아무리 오래 살아도 내가 이걸 사는 날은 오지 않을 것 같다. 때로 너무 열망하는 건 열망하는 채로 있는 편이 낫다.

그 두 번째 집에서 우리는 4년 동안 살았다. 집주

인은 첫 계약이 끝나자 월세 전환을 선언했고, 두 번째 계약일이 다가오자 월세를 더 올릴 거라고 말했다. 자신도 중국에서 월세로 살고 있는데 중국 집주인이 월세를 올렸기 때문에 어쩔 수 없다는 것이었다. 때마침 내가 임신했던 것도 있어서 우리는 남편의 회사 근처로 이사를 결정했다. 집을 보러 온 사람은 우리의 조명을 너무나 마음에 들어 한 나머지 그 조명들 없이는 계약하지 않겠다고 말했다. 내가 고른 조명이 남의 집에서 빛나는 것도 기쁜 일이니, 좋은 마음으로 염가에 넘겼다. 그러고 나서 이사를 온 곳이 6년째 살고 있는 현재의 집이다. 신혼집을 처음 보러 갔을 때 커버 없이 일자 형광등만 덩그러니 달린 조명을 보고 기겁했던 내가, 이 집에서는 벽지가 여기저기 찢어지고 방문 몰딩이 반쯤 떨어져 나간 것에도 무감하다. 앞서 말했듯이 심지어 조명 색깔이 짝짝이여도 별로 신경 쓰이지 않는다. 집의 정갈함에 관심이 없어졌다는 건, 나한테는 삶이 피폐하다는 증거다. 그리고 요즘은 피폐함을 극복할 에너지가 없다.

육아 퇴근을 한 밤 열 시 반, 친한 후배가 결혼 축

하 선물로 준 원목 테이블 스탠드와 언니가 튀르키예 여행 기념품으로 사 준 스테인드글라스 스탠드를 오랜만에 켜고 천장 조명은 모조리 껐다. 적당히 어두운 조도 속에서 집은 누추함을 감춘다. 가족이 없는 거실 소파에 누워 그 적막을 잠시 즐긴다. 오늘 나는 집을 정공법으로 구석구석 깨끗하게 정돈하기보다 편법으로 아늑하게 만들기를 선택했다. 에너지가 조금이라도 비축될 때까지, 이 지저분한 아늑함 속에서 잠시 유예 기간을 가질 것이다.

종이책

유하는 종이 낭비가 심한 어린이다. 도화지에 점 하나만 잘못 찍어도 새 종이를 찾고, 그 새 종이를 뜯다가 가장자리가 조금 찢어지면 또 다른 종이를 찾는다. 찢어진 건 테이프로 붙이면 되지, 실수하면 뒷장에 그려도 돼, 하고 수차례 타일러 봤지만 그간의 경험상 그런 회유는 먹히지 않았다. 하지만 언제까지고 낭비를 용인할 수 없으니 어제는 조금 더 단호하게 말해 봤다.

“계속 그러면 지구에 나무가 남아나지 않겠지? 우리가 사용하는 물건들은 끝없이 나오는 게 아니니까 아껴 써야 해.”

작년까지만 해도 내가 이 정도로 강하게(?) 나가면 눈물을 뚝뚝 흘리면서 “조금만 더 상냥하게 말해주세요” 하던 아이였건만, 어제는 잠깐 생각하더니 또박또박 말했다.

“그럼 엄마는 번역을 왜 해? 종이 아깝게.”

“…….”

충격에 휩싸여 반격할 말을 찾지 못하는 사이, 유하는 뒤쪽 책장에 꽂힌 책들을 가리키며 야무지게 확인 사살까지 했다.

“그리고 이 책들도 다 종이로 만들었는데, 책은 왜 사?”

그러게, 엄마는 왜 번역을 하냐. 책을 내 봤자 태반이 초판도 다 안 팔리는 이런 시대에……. 거의 울먹이는 목소리로 쓰지 않고 버리는 게 낭비지 잘 사용하는 건 낭비가 아니다, 책을 여러 번 보면 종이가 아깝지 않게 된다(?), 하고 대충 얼버무렸지만 나의 변명은 내 귀에도 너무나 옹색하게 들렸다. 유하는 별다른 반격 없이 순순히 넘어가 줬으나 이 대화는 지금까지 나의 마음을 괴롭히고 있다. 다른 누구도 아닌 출판업계 종사자인 내가, (종이)책을 왜 사느냐는 질문에 속 시원한 대답을 내놓지 못했기 때문이다.

책이 빼곡하게 꽂힌 책장으로 벽을 꽉 채우는 것이 소원이던 때가 있었다. 스무 살에 서울에 와서 처음 얻은 방은 학교 옆 고시원이었다. 침대와 책상이 따로따로 들어갈 자리도 없어서 책상 다리 사이에 침대를 끼워 넣은 그 방에 책을 위한 공간이 있을 리 없었다. 책상 위에 놓여 있던 세 칸짜리 책장에는 옷을 접어 수납했다. 지금 돌이켜보면 어떻게 거기에 코트와 점퍼와 티셔츠와 바지와 치마와 양말과 속옷을 전부 다 집어넣고 살았는지 모르겠다. 제약된 환경에 의한 비자발적 미니멀리스트로 1학기를 보낸 뒤, 2학기 때 친구 셋과 함께 방 두 칸짜리 월세방을 얻으며 비로소 나는 온전히 책만을 위한 책장을 가지게 되었다.

그때부터 책들은 자가 증식하는 세포처럼 늘어났다. 한 개였던 책장은 두 개, 세 개가 되었고, 책장과 책장 사이에 널빤지를 올려 임시 선반을 만들거나 수납 박스까지 동원하는 시기를 거쳐 나는 마침내 번듯한 5단 책장 세 개와 4단 책장 하나로 내 방의 두 벽을 꽉 채우게 되었다. 드디어 염원이 이루어진 것이다. 작가별로, 국가별로, 또는 출판사별로 장서를 정리하고 책등을 감상하는 행위는 커다란 즐거움을 안겨주었다. 공간이 남아도는 책장을 가진 것이 인생에 처음이라 때로는 소장욕을 못 이겨서, 또 때로는 인터넷 서점의 굿즈 공세에 혹해 책을 마구 사들였다.

희열의 시기는 오래가지 않았다. 책장이 꽉 차 버려서 세로로 꽂은 책 위에 가로로 책을 또 쌓고 책장과 책장 사이의 틈새까지 쑤셔 넣어야 할 지경에 이르렀다.

"이제는 책을 좀 버려야 하지 않을까?"

남편 말에 차갑게 째려보는 시선으로 응수했던 나였지만 결국 얼마 못 가 백기를 들었다. 정든 장서를 떠나보내는 일은 처음이 어려웠을 뿐, 몇 번 겪다보니 이별의 아픔에도 곧 덤덤해졌다. 초반에는 이미 읽은 책 가운데 다시 보지 않을 것 위주로 열 권씩, 스무 권씩 처분했는데 재작년쯤부터는 안 읽은 책이라도 앞으로 볼 가능성이 희박하면 눈 딱 감고 정리하고 있다. 선물 받은 책이나 면지에 사인이 있는 초판본도 예외일 수 없다. 예순 권씩 중고로 팔고 백 권씩 카트에 실어 재활용 종이 쓰레기로 내다 버리기를 몇 번 반복했더니 빈 공간이 다시 생겼고, 심지어 4단 책장은 처분할 수도 있었다.

버린 것은 책뿐만이 아니다. 무턱대고 신간 종이책을 사던 습관도 함께 폐기되었다. 이제 나는 전자책 위주로 책을 사고, 어쩔 수 없이 종이책을 샀다면 읽은 즉시 '처분할 책 선반'에 올려 뒀다가 주기적으로 정리한다.

나의 편집자 친구는 얼마 전 이사를 하면서 수천 권에 달했던 장서를 이백 권으로 줄였다. 심지어 그 이백 권도 백 권으로 줄였다가 백 권을 다시 추가한 것이라고 한다. 방금 세어 보니 그 친구 것을 따라 산 나의 5단 책장 하나에는 책이 사백 권쯤 들어간다. 장서가 이백 권인 친구는 이제 단 하나의 책장으로 살아갈 수 있는 사람이 된 것이다. 심지어 그 책장의 절반은 비워 둔 채로……. 불가능을 가능으로 만든 대단한 결단력이 아닐 수 없다. 그 결단력에 박수를 보내면서도, 나의 경탄 자체가 종이책을 애물단지로 여기는 방증 같아서 슬퍼진다. 종이 아깝게 책은 왜 사냐는 유하의 말이 다시 머릿속에 울려 퍼진다.

음악도 LP, 테이프, CD를 거쳐 스트리밍으로만 듣는 시대가 되었다. 영화 역시 비디오와 DVD를 소장하던 시대를 지나 이제는 OTT 사이트에서 구독제로 본다. 물성 없는 콘텐츠를 구입하는 것이 자연스러워진 시대가 되었다고도 할 수 있고, 물건을 소장하는 게 부담스러워진 시대라고도 할 수 있다. 아직까지는 종이책이 지배적인 출판계에서도 이북 리더기의 성능이 나날이 발전하고 종류도 다양해지며 나처럼 전자책으로 이행하는 독자들이 늘어나고 있다. 요컨대 꼭 '종이'책이 아니어도, 텍스트를 편하게 볼 수 있다면 디바이스가 뭐든 상관없는 사람들이 많아지고 있는 것이다.

700쪽 분량의 방대한 책은 100메가바이트 이하의 파일로 변환되어 200그램도 되지 않는 이북리더기 안에 몇백 권씩 쏙 들어간다. 그렇게 이북으로 대체하고 중고로 팔고 폐지로 내버려서 책을 치워 버린 책장의 빈칸을, 그리고 그 책장마저 처분해 버린 내 방의 빈 공간을 바라보며 나는 흡족해한다. 애초에 책을 사 모으지 않았다면 처음부터 비어 있을 공간이건만, 이상한 이야기다. 그러면서 (종이)책을 왜 사냐는 유하의 질문에 심장이 내려앉다니 모순도 이런 모순이 없다.

용돈을 모아 산 책, 아르바이트 급료로 산 책, 오프라인 서점에서 한참을 고민하다가 겨우 고른 책, 그런 책들을 한 장 한 장 넘겨 보던 밤이 나에게 더는 소중하지 않아진 것은 아니다. 그러나 다시 펼쳐 볼 가능성이 낮은 책이라면, '언젠가는' 말고 '지금 당장' 읽지 않을 책이라면, 더 좋은 주인을 찾아 주거나 다른 자원으로 재활용하는 것이 모두를 위한 길이 아닐까? 책이 너무 많아서 애물단지가 되었다면, 관리 가능한 범위로 그 숫자를 줄여서 애물단지 딱지를 떼어 줘야 하지 않을까? 그렇게 추려낸 소수의 책을 아껴서 읽는 것이 보다 풍요로운 독서 생활 아닐까?(그래도 다시 구하기 힘든 책이나 의미가 매우 큰 책은 죽는 날까지 껴안고 살아야겠지……. 종이책 애호가의 습성이 아직은 남아 있어서 구차하게 예외 조항을 붙여 본다.)

"이 책들도 다 종이로 만들었는데, 책은 왜 사?"

다시 유하의 질문으로 되돌아가 본다. 책은 읽으려고 산다. 나는 책장에 주르륵 늘어선 책등을 바라보기만 하는 데서 기쁨을 느끼는 사람이 아니라, 책을 실제로 뽑아 들고 책장을 넘기는 것에서 기쁨을 느끼는 사람이 되고 싶다. 거르고 거른 끝에 살아남은 소수의 책을 소중히 여기며 살아가고 싶다. 그렇게 살아남은 책들이 차지하는 책장이야말로 우리 집의 가장 귀한 공간이 될 것이다.

의자

10여 년 전, 본격적으로 번역을 시작한 지 얼마 되지 않아 어깨와 목에서 심한 통증을 느꼈다. 아무래도 의자가 문제인 듯했다. 당시 내가 쓰던 의자는 헤드레스트가 없고 등받이와 팔걸이도 고정식인 저렴한 제품이었다. 재택근무를 하게 된 이상 조금은 더 좋은 것을 살 필요가 있다고 생각했다.

그리하여 의자의 각 부분을 몸에 맞춰 조정할 수

있는 전문 브랜드의 제품을 들였다. 5만 원짜리 의자에 앉다가 30만 원짜리 의자에 앉으니 과연 몸이 그만큼 편해졌다. 조르바와 디가 등판과 좌판을 스크래처 대용으로 신나게 긁어 대서 금세 너덜너덜해졌지만 기능에는 문제가 없었기에 10년 가까이 잘 사용했다.

나는 대체로 물건을 구입할 때 검색 결과 상단에 뜨는 것으로 대충 사고, 한번 산 것은 무던하게 오래 쓰는 편이다. 좋은 취향을 기르는 데는 도움이 되지 않는 방식이지만 넘쳐나는 정보들을 머릿속에 입력하고 후보를 추려 비교 분석하는 것이 나한테는 엄청난 스트레스다. 그래서 두 번째 의자도 굳이 찾으려 들면 단점이 없진 않았지만(오래 앉으면 엉덩이가 아팠다) 다른 것도 다 그러려니 했다.

한데 언젠가부터 남편이 허먼 밀러의 에어론 체어 이야기를 슬슬 꺼내기 시작했다. 자기네 회사 의자가 에어론인데, 그것에 한번 앉으면 다른 의자에는 못 앉는다나 뭐라나. 좌판과 등판이 탄탄한 그물로 되어 있어서 오래 앉아도 등과 엉덩이가 배기지 않고 여름에도 시원하단다. 그렇게 자랑할 거면 하나 사 주고 하든가. 핀잔을 주려다가 가격을 보고 말이 쏙 들어갔다. 의자 하나의 가격이 내가 책 한 권을 번역하고 받는 돈과 비슷했던 것이다.

좋은 것은 언제나 더 좋은 것으로 교체할 수 있다. 그러면 그전에 좋았던 것은 보통의 것 또는 나쁜 것이 된다. 어딘가에서 멈추지 않으면 '더 좋음'의 추구는 무한히 이어진다. 그런 식으로 자신의 취향을 날카롭게 가다듬어 갈 때 느끼는 만족감도 있겠지만, 대부분의 사람에게는 시간과 돈이 한정되어 있다. 그러므로 어느 시점에서는 만족할 줄 알아야 한다. 모르는 게 약이라는 말은 소비의 세계에서도 통용된다.

얼마 전부터 내 유튜브 알고리듬이 외국에서 자취하는 한국인의 집을 소개하는 영상을 추천하기 시작했다. 런던, 홍콩, 파리, 뉴욕 등 집값이 비싸기로 유명한 도시의 집은 정말이지 모든 게 작고 좁았다. 세면대와 싱크대는 문자 그대로 손바닥만 했으며 에어컨과 세탁기는 사치품에 속했다. 세탁 통이 축구공 크기밖에 안 되는 세탁기, 한 사람이 들어가면 꽉 차는 화장실 겸 샤워실, 쓰지 않을 때는 반드시 접어 둬야 하는 식탁과 침대 같은 것들을 소개하며 집주인들은 예외 없이 환하게 웃고 있었다. 불편함이 곧 불행으로 이어지는 것은 아니라고 말하는 듯한 얼굴이었다. 카메라 앞이니까 밝은 모습만 보여 주는 거라고 넘겨짚을 수도 있지만, 자신의 공간에 대한 애정이 없다면 집을 소개하는 유튜브에 출연하지도 않았을 것이다. 그래서 그 영상들은 역설적으로 내가 지금 가지고 있는 물건, 이사할 때마다 이고 지고 다니는 것들이 살아가는 데 꼭 필요한지 되묻게 했다.

소비에 관해 생각할 때 떠올리는 것이 있다. "환경과 절약을 위해서 옷 안 사고 싶은데 자꾸 결제하고 싶을 때 보면 좋은 사진들.jpg"라는 제목의 인터넷 게시물이다. 하도 많이 입어서 투명해진 오스카 아이작의 티셔츠, 본인이 구멍 날 때까지 입은 것도 모자라 남편에게까지 물려준 엘리자베스 올슨의 티셔츠, 사시사철 거북이 등딱지처럼 함께하는 라이언 레이놀즈의 가방, 10년쯤 땅속 깊이 묻혀 있다가 발굴된 듯한 키아누 리브스의 변색된 모자 등의 사진이 그 게시물에 모여 있다. 어떤 사람은 이 게시물을 보고 "내까짓 게 뭐라고……"라는 반응을 보였는데, 그건 한동안 나의 소비 욕구를 억제시키는 마법의 주문이었다. 키아누 리브스도 모자를 저렇게 오래 쓰는데, 내까짓 게 뭐라고 메두사도 아니면서 새 볼캡을 검색하나? 라이언 레이놀즈도 가방 하나로 사계절을 보내는데, 내까짓 게 뭐라고 새 가방이 필요한가? 내까짓 게 뭐라고…… 허먼 밀러의 에어론 체어가 굳이 필요해?

반전은 뜻하지 않은 곳에서 일어났다. 남편 회사가 사무실 이전을 하며, 그전 사무실에서 쓰던 에어론 체어를 배송비만 받고 직원들에게 양도한 것이다. 처음에는 한번 써 보고 안 맞으면 팔지 뭐, 하는 가벼운 마음으로 의자를 신청해 받았으나 앉아서 몇 시간 일한 즉시 느낄 수 있었다. 이건 정말이지, 내가 지금까지 앉아 온 사무용 의자들과 모든 면에서 다른 의자였다. 건전지로 작동하는 장난감 피아노만 평생 쳐 오다가 처음으로 어쿠스틱 피아노를, 그것도 업라이트 말고 그랜드로 쳐 보면 이런 충격을 받으려나.

남편 말대로 등판과 좌판의 탄탄한 그물 덕분에 허리와 엉덩이가 편안한 것은 물론이고, 요추 지지대의 위치와 강도가 더없이 적절해서 저절로 등이 펴졌다. 약간은 투박해 보이는 철제 다리와 군더더기 없는 곡선 디자인도 마음에 들었다. (과연 뉴욕 현대미술관의 영구 소장 컬렉션에 들어갈 만한 의자다.) 헤드레스트를 추가로 구매해 달았더니 앉아 있는 게 누워 있는 것보다 편할 지경이었다. 앞서 쓴 비장한 말들이 머쓱하게도 나는 좋은 것을 더 좋은 것으로 냉큼 교체하고 말았다. 원래 쓰던 의자는 그날로 대형 폐기물 딱지를 붙여 쓰레기장에 내놓았다.

복잡한 심경이었다. 나는 장난감 피아노로 충분히 만족하던 아마추어 연주자였는데, 갑자기 마음의 준비도 없이 그랜드 피아노로 악기가 업그레이드되었다. 고백 하나 하자면 나는 키보드도 상당히 좋은 것을 쓰고 있다. 멤브레인과 기계식의 차이는 뭔지, 청축이니 적축이니 하는 것은 또 뭔지, 그런 걸 아무것도 모르는 나에게 남편이 리얼포스 키보드를 '새것 같은 중고'로 사다 주었기 때문이다. 처음에는 블루투스 기능도 없고 소리도 시끄러운 데다 생긴 것도 밋밋한 이 키보드에 도통 정이 가지 않았는데, 오래 사용하다 보니 사람들이 왜 키보드라는 분야에 돈을 쓰는지 알게 되었다. 타건감이 말도 안 되게 쫀득쫀득했던 것이다……. 기능이 워낙 좋으니까 밋밋한 생김새도 클래식하게 느껴지는 마법이 일어났고, 이제는 리얼포스 키보드 없이는 일을 못 하는 지경에 이르렀다.

그런데 이렇게 더 좋은 것의 맛을 알아 버린 지금의 생활이 그 맛을 모르던 과거에 비해 충만하다고 말할 수 있을까? 만약 그 물건이 내가 예리한 눈으로 미세한 차이까지 판별해 내고 싶은 분야의 것이라면, 더 좋은 것을 소유함으로써 뿌듯함이나 행복감을 느낄지도 모른다. 하지만 의자에 관해서라면 나는 어디까지나 머글(덕후들이 덕질을 하지 않는 일반인을 일컫는 말)에 불과했는데 반강제로 고가 제품의 성능에 눈을 떴다. 그래서 진주 목걸이를 찬 돼지의 황송한 심정으로, 에어론 체어의 탄탄한 그물을 온몸의 세포로 느끼며 이 글을 쓰고 있다.

이렇게 된 이상 내가 해야 할 일은 자명하다. 앞으로 이 의자에서 조그만 결점을 발견하더라도 관대하게 눈감아 주는 것. 되도록 오랫동안 이 의자를 사용하는 것. 그것은 '환경과 절약'을 위해서이기도 하지만, 무엇보다 '더 좋은 것'을 찾아 헤매는 굶주린 하이에나가 되지 않기 위해서다.

오디오

초등학생과 중학생 시절에는 카세트테이프를 모았다. 하교 시간이면 불법 복제 카세트테이프를 파는 노점상이 매일 학교 건널목 앞에서 좌판을 늘어놓았는데, 거기서 서태지와 아이들 2집을 산 것이 내 음반 수집 생활의 시작이었다. 정품에는 홀로그램 스티커가 붙어 있고 가사집의 디자인도 노점상 물건과는 다르다는 사실을 안 뒤로는 많이 좋아하는 가수의 음반은 레코드 가게에서 사고, 덜 좋아하는 가수의 음반은 노점상에서 사는 식으로 차등을 두기도 했다. 그렇게 당시 좋아했던 가수들의 테이프를 수십 개쯤 차곡차곡 모았지만 테이프 천하는 얼마 못 가 막을 내렸다. CD의 시대가 도래한 것이다.(나무위키의 '카세트테이프' 페이지에는 다음과 같이 적혀 있다. "2000년대 후반 이후 출생자들은 아예 카세트테이프가 뭔지도 모르며 2000년대 출생자들도 모습만 알고 어떻게 작동시키는지 모른다. 카세트테이프에 대해 아는 거라고는 스타로드✦뿐. 그 스타로드도 영화(〈가디언즈 오브 갤럭시〉 3편)에선 이제 MP3 플레이어로 바꿨다.") 이는 곧 테이프 플레이어(워크맨)는 책상 서랍 깊숙이 처박아 두고 너도나도 휴대용 CDP를 들고 다니기 시작했다는 뜻이다.

먼저 언니가 용돈을 모아서 소니의 휴대용 CDP를 샀고, 나도 세뱃돈으로 파나소닉의 CDP를 사서 고등학교 시절 내내 가방에 넣고 다녔다. 심지어 CD가 스무 장씩 들어가는 휴대용 CD 케이스까지 같이 들

✦ 영화 〈가디언즈 오브 갤럭시〉의 주인공으로 돌아가신 어머니가 남긴 믹스 테이프 '끝내주는 노래 모음집'을 무척 소중히 여기며 자주 듣는다.

고 다니면서 자율학습 시간이면 그 자리의 조명, 온도, 습도(그리고 공부하는 과목)에 따라 음악을 선택했다. 지갑조차 무거워서 달랑 카드 한 장만 들고 다니는 지금에 견주어 보면 10대 시절의 체력이 새삼 놀라울 따름이다.

대학에 와서 한두 해가 지나자 사람들 가방에서 휴대용 CDP가 사라졌다. 나와 친구들은 가방이 아닌 주머니에 MP3 플레이어를 넣어 다니게 되었다. 수백 곡의 음악이 손가락만 한 기계 속으로 들어갔고, 마음만 먹으면 버튼 클릭 한 번으로 클래식에서 힙합으로, 발라드에서 모던 록으로 일상의 배경 음악을 휙휙 바꿀 수 있었다. 앨범 단위로 음악을 듣고 가사를 찾아보는 건 어느덧 인내심의 영역이 되어 버렸다.

하지만 나는 고등학교 시절부터 모아 온 CD에 대한 애착을 쉽게 버리지 못했다. 유학과 졸업과 취업으로 수차례 이사를 다니는 와중에도 CD만은 케이스가 부서지지 않도록 소중히 따로 챙겼다. 일본에 출장이나 여행을 가면 중고 음반 가게에 꼬박꼬박 들러서 좋아하는 일본 밴드의 앨범을 사 오기도 했다. 이제는 노트북에도 CD롬이 없어서 집에 있는 CD들은 인테리어 소품으로 전락했지만, 언젠가 정착이란 걸 하게 되면 좋은 오디오를 사서 그 앨범들을 듣는 것이 나의 소박한 꿈이었다.

취직이 곧 정착은 아니었지만 여하튼 나는 첫 월급으로 저렴한 미니 컴포넌트를 샀다. 마침 우리 집에서 묵고 있었던 친구가 내 생일이라고 꽃다발을 선물해 줬고, 나는 그걸 새로 산 꽃병에 꽂아 미니 컴포넌트 옆 책장에 올려 뒀다. 당시 나는 초보 집사였는데, 고양이를 키우는 집에서는 그런 걸 전자제품 옆에 두면 안 된다는 교훈을 몇 시간 뒤 체험을 통해 얻었다. 기운찬 청소년 고양이였던 조르바가 책장으로 폴짝 뛰어오르며 꽃병을 쳤는데 그게 하필 오디오 쪽으로 엎어진 것이다. 물론 조르바에게는 죄가 없다. 전적으로 인간의 잘못이다.

산 지 며칠 되지도 않아 운명한 필립스 미니 컴포넌트를 씁쓸하게 바라보며, 나는 그 아픔을 돈으로 치유하기 위해 곧바로 다른 오디오를 주문했다. 사망한 필립스와 거의 비슷하게 생긴 소니의 미니 컴포넌트였다. 다행히 이쪽은 꽤 오랫동안 잘 사용했는데,

이사해서 새로 스피커를 연결할 때 갑자기 퍽 하고 터지는 소리가 나며 돌아올 수 없는 강을 건너고 말았다. 어차피 그 무렵에는 이미 CD로 음악을 잘 듣지 않았기 때문에 심적 타격은 크지 않았다.

그 뒤로는 블루투스 스피커를 구입해 스트리밍으로 음악을 듣는 나날이 이어졌다. 본격적인 음반 무소유의 시대를 살아가며 그간 모은 CD들은 수납 박스에 넣어 뒀는데, 가끔 열어 볼 때마다 뽀얗게 먼지가 올라왔다. 한때 나를 설레게 하고 감동과 위안을 주고 가장 친한 친구가 되어 주었던, 내 통장을 망치러 온 나의 구원자들이 과거의 망령 같은 모습으로 거기에 누워 있었다. 어느 순간 참을 수 없게 된 나는 그것들 중 일부만 남기고 죄다 처분해 버렸다. 물건의 소유에는 관리하는 번거로움이 세트로 따라온다. 아껴 주지 못할 거면 버리는 게 맞다고 생각했다.

이랬던 내가 몇 년 전부터 다시 CD를 사 모으고 있다. 덕질하는 밴드 호피폴라의 앨범과 그 멤버들의 솔로 앨범이 실물로 속속 나오고 있기 때문이다. CD를 사도 집어넣을 기계가 없으니 여전히 듣는 것은 스트리밍이지만, 앨범 비닐을 조심스레 뜯고 케이스 홈에 걸리지 않도록 북클릿을 살살 빼내어 거기에 인쇄된 가사를 읽는 건 무미건조한 일상 속의 귀한 기쁨이다. 연서를 읽는 듯한 기분으로 좋아하는 가수가 직접 쓴 가사를 읽는 건 분명 덕질에서 손에 꼽히게 행복한 순간 중 하나다.

최근 호피폴라의 프론트맨인 아일이 새로운 앨범을 냈는데, 마지막 곡은 음원 사이트에 공개하지 않아서 오직 CD로만 들을 수 있었다. 마침 친구들과의 계 모임에서 여행을 다녀오고 남은 돈을 나눠 가졌는데, 전부터 점찍어 둔 야마하 오디오가 블랙 프라이데이 세일로 제법 저렴해져 있는 게 아닌가. 더 고민했다가는 마음이 약해질 것 같아서 냉큼 질러 버렸다. 그 김에 절판되어 못 구하고 있었던 호피폴라 1집도 (정가의 세 배쯤 주고) 온라인 음반 매장에서 중고로 샀다. 야마하 오디오와 중고 앨범 가격의 합계는 거짓말처럼 나눠 가진 곗돈과 2천 원밖에 차이 나지 않았다.

지금 나는 오래전 일본의 중고 음반 매장에서 산, 나의 한 시절을 함께한 밴드 주디 앤드 마리의 앨범을

엊그제 도착한 야마하 오디오로 들으며 이 글을 쓰고 있다. 과거의 내가 미래의 나를 위해 사 둔 CD에서 여름밤 하늘처럼 청량한 목소리가 쏟아져 나온다. 유튜브 뮤직 알고리듬의 추천에는 절대로 뜨지 않는, 나를 언제나 그 시절로 되돌려 놓는 사랑스러운 노래다.

니플 패치

더워도 너무 더운 나날이다. 집에서 일하는 나는 대체로 하루 두 번, 유하를 등하원시킬 때만 밖으로 나간다. 외출할 때는 잠옷을 벗고, 가슴 부분에 패드가 달린 캐미솔을 입고, 그 위에 반팔 티셔츠를 입는다. 왕복 도보 20분에 땀범벅이 된 패드 내장형 캐미솔을 빨래 바구니에 던져 넣으며 생각했다. 더는 못 견디겠군.

와이어 달린 브래지어를 입지 않게 된 것은 몇 년 전의 일이다. 그것만으로도 내 가슴은 상당한 자유를 얻었다고 생각했는데 이런 더운 여름날에는 패드 달린 캐미솔도 번거롭다. 말로만 듣던 니플 패치라는 것을 사용할 때가 왔구나. 나는 거의 생존을 위해 그 신문물을 주문했다.

그리고 다음 날, 집에 택배가 도착하자마자 얼른 봉투를 뜯어 봤다. 조그만 팬케이크 형태의 살색 실리콘 덩어리 네 쌍이 용기에 들어 있었다. 위생 비닐을 제거하고 가슴에 붙였다. 그리고 그 위에 티셔츠를 입고 거울을 유심히 봤다. 딱 붙는 티셔츠였다면 팬케이크와 피부의 경계선이 조금 도드라졌을 수도 있지만 내가 입은 것은 헐렁한 티셔츠였다. 이 정도면 거의 표시가 나지 않는 듯해서 가슴을 쑥 내민 상태로 남편을 불렀다.

"나 좀 봐 봐. 뭔가 이상해?"

"뭐가?"

"속옷 안 입고 니플 패치라는 걸 붙였어."

"흠……."

"그 애매한 반응은, 의식해서 보지 않으면 잘 모

르겠다는 거네."

그날 오후, 니플 패치를 붙인 가슴 위로 티셔츠 한 장만 걸치고 밖으로 나가 봤다. 바깥 공기가 티셔츠를 통과해 상반신에 닿는 것이 느껴졌다. 말도 안 되게 시원했다. 이런 촉감을 여태 모르고 살아왔다는 것에 화가 치밀어 오를 정도였다. 등과 가슴에 바람이 닿는 느낌이 이런 거였다니. 세상에 누드 비치가 존재해야 하는 이유를 단번에 깨달았다. 장담컨대 니플 패치라는 요물을 한 번도 안 써 본 사람은 있어도 한 번만 써 본 사람은 없을 것이다.

니플 패치를 영접한 이후 그것과 나는 한 몸이 되었다. 심지어 시가 식구들과 3박 4일로 경주 여행을 갔을 때도 붙이고 있었다. 그 더운 경주에서 24시간 내내 패드 달린 캐미솔 또는 브래지어를 입고 있어야 했다면 나는 그 여행을 땀띠와 습기, 그리고 소화 불량과의 싸움으로 기억했을지도 모른다.

브래지어에서 와이어를 없앤 브라렛이나 패드 내장형 캐미솔이 아무리 일반 브래지어에 비해 갑갑한 느낌이 덜하다 해도 니플 패치에 비할 바는 아니다. 니플 패치는 그런 대체품들과 달리 흉곽을 전혀 조이지 않는다. 또 몸에 닿는 천이 없으니 땀에 젖은 불쾌한 속옷으로부터도 완전히 해방된다. 드라마 〈꽃보다 남자〉의 윤지후는 흰 천과 바람만 있으면 어디든 갈 수 있다고 말했는데, 나는 니플 패치와 함께라면 사막에라도 갈 수 있다. (웬만해선 안 가겠지만.) 니플 패치는 말 그대로 내 여름 생활의 새 장을 열어 줬다.

초등학교 4~5학년 즈음부터 브래지어를 했으니, 돌이켜보면 나는 거의 30년 가까이 가슴을 압박하며 살아온 셈이다. 중·고등학교 때 하복 시즌이 되면 한여름에도 하얀 교복에 브래지어 끈이 비치지 않도록 캐미솔을 브래지어 위에 겹쳐 입어야 했다. 아빠와 남동생이 있으니 집에 와서도 그걸 벗어 던질 수 없었다. 갑옷 같은 브래지어 때문에 소화가 안 되고 땀띠가 나고 숨이 막히는 것은 나뿐만 아니라 많은 여성이 공유하는 경험이다. 그럼에도 쉽게 탈브라를 하지 못하는 이유는, (적어도 내 세대와 그 위 세대들이) 오랫동안 각종 미디어를 통해 브래지어를 하지 않는 것은 민망한 일이라고 세뇌당해 왔기 때문일 것이다.

하지만 용감한 선구자들이 여러 매체에서 탈브

라의 장점을 설파해 준 덕분에 우리는 차츰 세뇌에서 벗어나게 되었다. 브라렛과 패드 내장형 캐미솔의 속옷 시장 점유율은 가파르게 상승하고 있고, 포털 사이트에서 '브래지어'라고 검색하면 이제는 쇼핑 카테고리에 와이어가 없는 심리스 브라들이 가장 먼저 뜬다. 니플 패치도 실리콘형, 밴드형, 테이프형 등등 다양한 제품이 출시되고 있다. 손뼉 치며 반길 만한 변화다.

지난주에는 친정에 다녀왔는데, 나만 이 신문물의 혜택을 받을 수 없어서 엄마에게도 권해 봤다. 나의 새 니플 패치를 꺼내 직접 엄마 가슴에 붙여 준 뒤 "봐, 괜찮지? 티 하나도 안 나지?" 하고 동의를 재촉했더니 엄마는 "이것도 가슴이 좀 있는 사람이 해야 태가 나지……" 하며 내켜 하지 않았다. "아니야, 이건 가슴이 없을수록 유용한 거라고. 가슴이 크면 아무래도 지지해 주는 게 있어야 편할 테니까. 여하튼 엄마, 당장 내일 아침 산에 갈 때 이걸 붙여 봐요"(엄마는 매일 등산을 한다) 하고 반강제로 선물하고 뒷날 물어봤더니, 헐렁한 원피스를 입고 마트에 갈 때는 정말 편했는데 산에 갈 때는 차마 못 썼다고 한다.

엄마가 니플 패치를 붙이고 등산하는 것은 내가 패드 내장형 캐미솔에서 니플 패치로 넘어간 것보다 몇 배쯤 더 큰 용기가 필요한 일인지도 모른다. 이해는 되지만 답답한 마음에 "제발 한 번만, 딱 한 번만 써 봐"라고 덧붙였는데 지금까지 소식이 없는 것을 보아 엄마에게 탈브라의 벽은 생각보다 높은 모양이다.

그런데 여기까지 쓰고 보니 또 다른 의문이 든다. 가슴을 진정으로 해방시키고 싶다면 니플 패치까지 떼어 버리면 될 일인데, 왜 나는 차마 그것까지는 하지 못하는 걸까? 젖꼭지가 대체 뭐라고, 포유류라면 모두 가지고 있는 신체 기관 중 하나일 뿐인데 말이다. 어쩌면 이런 의문이나 공공장소에서 여성의 토플리스 패션을 허용하느냐 마느냐 하는 논쟁 자체가 새로운 세대들에게는 케케묵은 이야기로 느껴질 수도 있다. 마치 내가 니플 패치를 아직 민망해하는 엄마를 답답해하는 것처럼, 새로운 세대들은 니플 패치를 꼭꼭 붙이고 다니는 나를 답답해할지도 모른다. 그리고 나는 그런 변화에 의해 니플 패치마저 구시대의 유물이 되어 버리는 날을 내심 기다리고 있다. 모두가 니플 패치까지 떼어 버리고 편안하게 거리를 활보한다면, 남의 젖꼭지에 불필요하게 신경 쓰는 일도 점차 사라지지 않을까?

망고

유하는 망고를 좋아한다. 마트에서 두 개에 만 원쯤 하는 망고 팩을 발견하면 곧바로 "나 이거 살래!" 하며 들어 올린다. "나 이거 사 주면 안 돼?"가 아닌 "나 이거 살래!"에는 대단한 확신이 깃들어 있다. 엄마에게 망고 살 돈이 없을 수도 있다는 생각은 추호도 하지 않는 것이다. 카드가 이래서 무섭다. 나도 나한테 돈이 얼마나 있는지 모르는 채 대개는 유하의 청을 들어 주고 마니까.

망고를 먹기 편하게 잘라 과육의 대부분은 유하에게 준다. 그리고 납작하고 큼직한 씨 주변에 붙은 것을 빨아 먹으며 생각한다. 언젠가는 유하에게 가르쳐 줘야 하지 않을까. 원하는 만큼 망고를 사 먹는 게 당연한 일이 아니라는 것을. 그건 어쩌면 네 생각보다 훨씬 호사스러운 일상일 수도 있다는 것을.

아주 예전에 방영한 예능 프로그램 〈마녀사냥〉 시즌 1에서, 신동엽이 허지웅과 홍콩에 가서 대관람차를 탔을 때 이런 말을 했다. "네 책을 읽고, 이런저런 이야기를 나눠 보고, 너의 결핍을 아니까 (……) 너에 대한 이해의 폭이 굉장히 넓어졌어. 난 사람은 결핍이 좀 있어야 된다고 생각하거든. 근데 우리 애들은 결핍 없이 자랄 거 같아. 나는 어떻게 아이들에게 결핍을 겪게 할지 고민이야."

그때는 유하가 태어나기 전이어서 그런지 그 말이 멋지게만 들렸다. (신동엽의 경제 상황을 내가 알 리 없지만, 아마도) 부유한 사람이라면 오히려 그런 고민을 할 수도 있겠네. 아버지가 저런 생각을 한다면 아이들도 잘 자라겠지. 그것이 나의 단순한 감상이었다. 그로부터 10여 년이 지났다. 모두가 자신의 삶에서 근사한 부분만을 편집해 SNS에 전시하는 시대가 도래했다. 유하의 결핍은 나의 결핍과는 다른 양상으로 나타날지도 모른다. 그건 유하가 과거의 나보다 경제적 사정이 나은 집에서 태어났기 때문이 아니라, 유하가 남들의 삶을 너무도 쉽게 엿볼 수 있는 시대에 태어났기 때문이다.

예컨대 반 아이들 몇 명이 플레이스테이션 게임을 하는 모습을 SNS에 올린다면, 유하는 그걸 보고 플레이스테이션이 없는 것을 결핍으로 여길 수도 있다. 나아가 주말마다 근사한 레스토랑에서 식사를 하거나 방학마다 해외로 어학연수를 가는 또래 아이들의 일상을 빈번히 접한다면, 그 또한 유하의 마음에서 일종의 결핍으로 자리할 수도 있다. 말하자면 사치스러운 결핍이다. 신동엽이 말한 '아이들에게 겪게 하고 싶은 결핍'은 이런 종류의 결핍이 아닐 것이다.

그때가 오면 나는 어떻게 해야 할까? 부모의 과거와 비교하며 너는 충분히 많이 가졌으니 만족하라고 강요하는 것은 올바른 해답이 될 수 없다. 엄마와 아빠가 더욱 노력하겠다고 말하는 것 역시 좋은 대답은 아니다. 자식의 결핍(욕구)을 채우기 위해 부모를 갈아 넣을 수는 없다.

처음에는 하나만 원하다가도 다음에는 세 개를, 그다음에는 열 개를 원하게 되는 것이 사람이다. 영화 〈콜 미 바이 유어 네임〉에서 고고학자인 엘리오(주인공 소년) 아버지의 보조 연구원으로 그 집에 묵고 있는 올리버는, 아침 식사 때 달걀을 더 먹으라고 권하는 엘리오 어머니 말에 이렇게 대답한다. "저는 저를 알아요. 두 개 다음엔 세 개 먹고, 그다음엔 네 개, 말릴 때까지 먹겠죠." 물론 이것은 엘리오를 향한 올리버의 욕망을 은유하는 표현이다. 그러나 이 은유는 그 대상이 물질일 때도 통하며, 게다가 주위 사람들 모두가 달걀(혹은 망고)을 열 개씩 먹는다면 원래는 네다섯 개로 충족되었을 열망이 열 개 분량만큼 커질지도 모른다. 그때는 무엇이 나의 열망이고 무엇이 타인의 열망인지 구분할 수 있어야 한다. 인간이 아무리 타인의 열망을 열망하는 존재라지만, 인생의 빈틈을 미친놈

처럼 일일이 다 메울 수는 없는 노릇이다.✦

실은 유하가 분유를 먹던 시절, 나에게는 좋지 못한 습관이 하나 있었다. 심심할 때마다 유하의 분유를 퍼먹는 것이었다. 그건 엄마 몰래 남동생의 분유를 한 스푼씩 몰래 퍼먹었던, 서른 몇 해 전 과거에서 비롯된 결핍이었다. 상아색 분유를 입에 털어 넣으면 입 안에 고여 있던 침 때문에 분말이 뭉쳐지며 숨 막히게 달콤한 맛이 난다. 연유보다 달고 우유보다 고소한 그 맛을 나는 충족될 때까지 마음껏 누려 본 적이 없었다. 그 갈망이 서른 몇 해 만에 고개를 다시 쳐든 것에는 나 자신도 당황했지만 분유로 향하는 손을 멈출 수 없었다. 분유통에 넣는 건 매번 새 숟가락이어야 하므로 두 숟가락 먹고 싶으면 숟가락 두 개를, 세 숟가락 먹고 싶으면 숟가락 세 개를 쓰고 차례차례 개수대에 던져 넣었다. 그러다 언젠가 다섯 숟가락쯤 퍼먹은 날, 그동안 잘만 먹었던 분유가 갑자기 비릿하게 느껴지며 '이제 그만!'이라는 몸의 신호를 받았다. 그 뒤로

✦ 영화 〈우리도 사랑일까〉의 대사에서 인용.

는 분유를 먹고 싶다는 생각이 두 번 다시 들지 않았다. 끝이 명확한 갈망이었다.

갈망의 충족 이후 대단한 에피파니나 희열이 찾아왔는가 하면, 분유의 경우는 당연히도 그렇지 않았다. 그러므로 나는 망고를 먹을 수 없는 날에는 다른 과일을 먹으며 충족하는 방법을 유하에게 알려 주고 싶다. 혹은 망고를 먹지 못하는 날의 갈망이 다음번 망고를 더욱 달콤하게 만들어 줄 거라고 가르쳐 줘도 좋을 것이고, 남이 망고 먹는 모습을 의식적으로 보지 않는 것도 때로 도움이 된다고 말해 줘도 좋겠다. 하나의 결핍을 여러 각도에서 다양한 방법으로 채우거나 혹은 그냥 비워 두는 방법을 유하가 체득할 수 있다면, 그것만으로도 중심이 제법 잡힌 인생을 살아갈 수 있을지도 모른다. 그러고 보면 이건 유하가 아니라 나 자신에게 먼저 들려줘야 할 이야기다. 긴 여름휴가를 위해 새 수영복을 한 개 살지 두 개 살지 일주일째 고민 중인 어리석은 나에게 말이다.

프라이팬

평생을 코팅 프라이팬 사용자로 살아왔다. 이십대 중반까지만 해도 프라이팬은 그 종류밖에 없는 줄 알았다. 코팅 팬은 주기적으로 교체해 줘야 한다는 지식도 없어서 음식물이 들러붙어도 숟가락으로 박박 긁어 가며 썼다. 혼수로 질 좋은 주물 프라이팬과 냄비를 장만하는 사람도 있지만 나는 결혼할 때조차 새 프라이팬을 들이지 않았다. 당시 다니던 회사에서 명절 선물로 받은 코팅 냄비와 프라이팬 7종 세트를 박스째 보관하고 있었기 때문이다.

그런데 두 사람이 함께 살다 보니 한 사람이 살 때보다 요리를 자주 하게 되었고, 프라이팬의 코팅이 벗겨지는 속도도 빨라졌다. 나 혼자 먹을 밥이면 비빔밥 위에 노른자 터진 달걀을 올려도 상관없지만 둘이서 먹는 밥이라면 노른자가 터지지 않은 탱글탱글한 달걀프라이를 만들고 싶었다. 또 그 사이에 코팅 팬은 6개월짜리 소모품이라는 지식도 얻어서, 손잡이 탈부착형 제품을 사서 몸통(?)만 교체하는 방식으로 오랫동안 연명해 왔다.

그러다가 또다시 프라이팬의 코팅이 벗겨져 버린 어느 날, 순간접착제를 바른 종이처럼 팬 바닥에 착 달라붙어 떨어지지 않는 달걀을 요리용 젓가락으로 긁어내다가 이걸 또 사야 하다니 진절머리가 났다. 내 얼굴보다 큰 고철 쓰레기가 나오는 것도 싫고, 새 제품의 최저가 검색에 시간과 에너지를 소모할 것도 싫고, 돈 쓰기도 싫고, 배송 온 택배 박스를 뜯고 정리하는 것도 싫고, 아무튼 프라이팬 구매를 둘러싼 모든 게 염증을 일으켰다.

나의 이런 마음을 인스타그램이 어떻게 눈치챘는지 모르겠는데, 그때부터 특정 브랜드의 프라이팬 광고가 자꾸만 피드에 뜨기 시작했다. 그 제품 역시 코팅 프라이팬이지만 특수한 기술을 사용해 기존 것보다 수명이 훨씬 길며, 교체할 때는 사용하던 것을 반납하면 반값에 새 상품을 살 수 있단다. 심지어 세일 중이라 정가보다 상당히 저렴했다.

마음이 혹해서 사이트 회원 가입까지 해 가며 손잡이와 뚜껑이 포함된 세트 상품을 장바구니에 넣어 뒀지만, 무언가가 계속 마음에 걸려서 며칠 동안 구매 버튼을 누르지 못했다. 아무리 수명이 길다 해도, '수명'이라는 게 있다는 건 이 제품 또한 언젠가는 교체해야 한다는 뜻이다. 요컨대 내가 코팅 프라이팬에 대해 염증을 느꼈던 부분이 여전히 해결되지 않은 것이다. 결국 교체할 시기가 오면 또 같은 스트레스를 받을 텐데 그건 정말이지 사양하고 싶었다.

마음을 굳게 먹었다. 더는 물러설 수 없었다. 마침내 때가 온 것이다. 스테인리스 프라이팬이라는 것에 도전할 때가. 스테인리스 팬은 예열이 까다롭고 자칫 잘못하면 새까맣게 타 버린다고들 해서 엄두를 못 내고 있었다. 하지만 스테인리스 팬 추종자들 말에 따르면 바닥이 타더라도 웬만하면 복구가 가능하고, 식기세척기에도 돌릴 수 있으며, 무엇보다 잘 관리하기만 하면 평생 쓸 수 있다고 한다.

'잘 관리하면'이라는 게 나한테는 너무나 문턱 높은 조건이긴 하지만, 그러고 보니 유하가 아직 아기였을 때 이유식 조리용으로 사서 지금까지도 잘 쓰고 있는 편수 냄비도 스테인리스인 것이 기억났다. 그 냄비를 정말 여러 번 태워 먹었는데 그때마다 어찌어찌 복구가 되었던 것이다. 나의 경우 팬보다 냄비를 훨씬 덜 쓰긴 하지만, 스테인리스라는 재료의 우수성은 알게 모르게 체감하고 있던 셈이다.

결심을 하고 직경 20센티와 28센티짜리 팬을 구입했다. 전날 유튜브에서 배운 대로 식용유를 이용해 연마제를 제거하고, 베이킹소다로 문질러 닦아 낸 다음 식초를 희석한 물을 넣고 끓였다. 그런 다음 주방비누로 세척하니 비로소 사용 준비가 끝났다.

이제 대망의 예열인데, 정석은 중불로 예열한 후 열이 골고루 퍼지도록 불을 꺼서 팬을 잠시 식히고,

기름을 두른 뒤 다시 불을 켜는 것이라고 한다. 기름이 파도처럼 자글자글한 무늬를 만들면 그때 식재료를 넣으면 된단다.

나는 이 방법이 귀찮아서 20센티 팬에 처음부터 기름을 두르고 약불로 조금 오래 예열하다가, 식히는 과정 없이 바로 달걀 두 개를 깨어 넣어 봤다.(이렇게 해도 된다고 한다.) 스테인리스 팬 사용자 모임 카페(일명 '스사모')에 가입했더니 그곳에는 스테인리스 팬으로 완벽한 달걀프라이를 만드는 데 너무나도 진심인 사람들이 대략 오천 명 정도 있었는데, 그들이 이구동성으로 하는 말이 팬 바닥에 달걀프라이가 들러붙지 않고 아름답게 미끄러지도록 만들려면 엄청난 수련이 필요하단다. 초심자인 나의 달걀은 당연히 얼음판 위의 김연아처럼 우아하게 미끄러지지 않았다. 하지만 그렇다고 구제 불능으로 들러붙은 것도 아니었다. 실리콘 뒤집개로 밑면을 살살 떼었더니 하나는 깔끔하게 떨어졌고 하나는 노른자가 조금 터졌다. 이만하면 희망적인 결과다. 이어 버터를 넣고 아스파라거스, 마늘, 브로콜리를 구워 봤다. 불이 너무 셌는지 팬 내측 가장자리가 갈색이 되었다. 마지막으로 멸치볶음을 만들었는데 이건 대실패였다. 뭐가 문제였는지 팬이 30년쯤 묵은 뻥튀기 기계처럼 새까매졌다.

그러나 낙담하기는 이르다. 이럴 때를 대비해 태운 프라이팬 복구법도 미리 공부해 둔 나는 오이처럼 침착한 얼굴로 베이킹소다를 팬에 넣고 물을 부어 팔팔 끓였다. 그러고 나서 불을 끄고 한 시간 정도 기다렸다가 수세미로 박박 닦았더니, 눌어붙은 것들은 잘 떨어졌지만 갈색으로 변한 가장자리는 여전히 그대로였다. 나중에 알게 된 사실인데 그냥 맹물을 채워 놓고 반나절쯤 두기만 해도 대부분의 상황은 해결된다고 한다. 실제로 어제 28센티 팬에 볶음밥을 만들었을 때 대량의 누룽지가 발생했는데, 이 방법으로 팬을 하룻밤 불린 후 아침에 설거지를 했더니 팬이 환생한 것처럼 깨끗해졌다. 스뎅팬 사용자 여러분, 스사모 회장님 말대로 물과 시간의 힘을 믿으셔야 합니다. 그건 진리였습니다…….

일주일 동안 스테인리스 팬을 사용해 본 소감은, 막연히 겁먹고 있던 것에 비하면 다루기가 어렵지 않다는 것이다. 아마 별다른 이변이 없는 한 내가 코팅 팬으로 돌아가는 일은 없을 듯하다. 이번 소비는 구매까지 며칠 동안 고민에 고민을 거듭했다는 점에서, 또 쉬운 길보다 어려운 길을 택했다는 점에서 내 소비 역사에 기록할 만한 것이었다. 무엇보다 더는 고철 쓰레기를 만들지 않아도 된다는 점이 가장 기쁘다. 다른 쓰레기는 여전히 만들어 내고 있지만…….

나이가 들수록 당장 예쁘거나 화려한 것, 복잡한 기능이 있는 것보다 단순하고 튼튼한 것에 마음이 간다. 약간의 불편함이 있더라도 나는 내가 그런 물건들을 오래도록 질리지 않고 사용하는 사람이었으면 한다. 물건과 함께 나이 먹어 가는 사람이었으면 한다. 어쩌면 이번과 같은 선택을 다른 물건을 살 때도 적용해 볼 수 있을 것이다. 다행히 나는 안 질리는 것에는 자신이 있다.(실제로 내 옷장에는 산 지 10년이 넘었지만 지금까지도 곧잘 입는 옷들이 제법 많다.) 그러면서 사용하는 물건의 개수를 점차 줄여 나가는 삶을, 일테면 프라이팬 두 개와 냄비 한 개로 충족되는 삶을 살 수 있다면 더 바랄 것이 없겠다. 내가 요리 연구가도 아닌데 프라이팬과 냄비 7종 세트가 대체 왜 필요하단 말인가.

속옷과 잠옷

프랑스의 법관이자 미식가였던 브리야 사바랭은 “그대가 먹은 것이 무엇인지 말해 보라. 그러면 그대가 어떤 사람인지 말해 주겠다”라고 했다. 소비의 시대를 살아가는 현대인의 관점으로 바꿔 말하자면 “그대가 돈을 쓰는 물건이 무엇인지 말해 보라. 그러면 그대가 어떤 사람인지 말해 주겠다”라고 할 수 있을지도 모른다.

실은 20년쯤 전, 나보다 먼저 취직한 친구가 당시 대학생이었던 나에게 이와 비슷한 질문을 던진 적이 있다. "너는 속옷에 돈을 쓰는 편이야, 겉옷에 돈을 쓰는 편이야?" 자신은 남들 눈에 어떻게 보이는지가 더 중요해서 겉옷에 돈을 쓰는데, 사회에 나가 보니 진짜 부자들은 속옷에(도) 돈을 써서 충격을 받았단다. 주목할 점은 그 대화가 다음 두 가지를 암묵적으로 전제하고 있었다는 것이다. 1. 우리에게는 속옷과 겉옷을 둘 다 살 돈이 없다. 2. 그러므로 우리는 양자택일을 해야 한다. 그리고 나는 내 친구가 어떻게 부자의 속옷을 확인했는지 캐묻지 않았다…….

이십 대 때는 나 또한 당연히 겉옷파였다. 언니나 엄마가 이따금 홈쇼핑으로 팬티 스무 개 세트를 구매해 나눠 주는 경우가 아니면 스스로 속옷을 산 기억이 별로 없다. 가뜩이나 돈도 없는데 속옷 따위가 뭣이 중했겠는가. 그런데 집에서 일한 지 10년이 넘은 지금은 속옷파로 다시 태어났다. 번역으로 떼돈 벌어 부자가 되었냐고요? 오, 무슨 그런 말도 안 되는 농담을……. 그게 아니라, 하루 중 외출복을 걸치고 있는 시간이 아이 등하원 때밖에 없어서 옷이 지독하게 낡지 않기 때문이다.(어쩌면 이것이 옷장에 10년 넘은 옷들이 즐비한 비결일지도.)

트렌치코트를 좋아해서 벚꽃과 낙엽 시즌이 오면 늘 관심 가는 브랜드의 신상품을 눈여겨보는데도 차마 구매 버튼을 누를 수 없는 이유가 여기에 있다. 소설가 김연수는 "청춘은 들고양이처럼 재빨리 지나가고 그 그림자는 오래도록 영혼에 그림자를 드리운다"✦라고 썼는데, 한국의 봄과 가을 또한 아시다시피 들고양이 못지않게 재빨리 지나간다. 그러니 재택근무 프리랜서가 트렌치코트를 사 봤자 얼마나 많이 입을 수 있겠는가. 봄에 두 번, 가을에 두 번이면 선방이라고 본다. 영혼에 그림자를 드리우지 않도록, 그냥 콱 사서 등하원 때라도 입어 버릴까?

사실 집에서 일하는 사람이라도 소비에 따른 가책을 느끼지 않고 살 수 있는 (속옷 아닌) 옷이 있긴 하니, 바로 잠옷이다. 사람을 두 종류로 나누자면 잠옷을 따로 사서 입는 부류와 낡은 티셔츠 따위를 잠옷으

✦ 『청춘의 문장들』 127쪽, 김연수 지음, 마음산책, 2022.

로 활용하는 부류로 구분할 수 있는데, 나는 오랫동안 낡은 티셔츠파였다. 여윳돈이 있으면 속옷이 아닌 겉옷을 사는 심리와 마찬가지로 집에서만 입을 옷에 돈을 쓰는 게 아까웠다.

그런데 새내기 번역가 시절 작업한 어떤 실용서에서, 저자가 (자신의 회사에서 만든) 오가닉 코튼 소재의 잠옷을 예찬하는 대목을 만났다. 면이 피부에 닿을 때마다 포근한 감촉이 느껴져 '자연의 마사지 효과'를 얻게 되며, '누군가에게 안겼을 때와 똑같은 호르몬'이 분비된다는 것이었다. 네에에? 자연의 마사지 효과요? 안겼을 때의 호르몬이라고요오오? 지금 다시 읽어 보니 이 부분이 일종의 과대광고라는 것을 이제는 알겠다. 하지만 번역이란 게 또 희한해서, 저자에 빙의해 한 글자 한 글자 열심히 옮기다 보면 나도 모르게 '오가닉 코튼 잠옷 완전 최고. 나도 한번 사 볼까……' 이렇게 된다.

그리고 그 책을 마감한 뒤, 저자가 말한 제품은 아니었지만 오가닉 코튼 소재의 잠옷을 한 벌 사 봤다. 남색 거즈 면으로 된 원피스 잠옷이었는데, 마사지니 호르몬이니 하는 건 솔직히 잘 모르겠지만 하루 중 가장 오랫동안 걸치고 있는 옷이 후줄근한 티셔츠가 아니라 촉감도 좋고 디자인도 아름다운 원피스라는 건 재택근무 노동자에게 큰 기분 전환이 되었다. 그 원피스 잠옷은 2, 3년쯤 열심히 입었는데, 그즈음 집에 들인 건조기에 몇 번 돌렸더니 속수무책으로 줄어들어 원래는 무릎 아래로 넉넉하게 내려왔던 기장이 허벅지까지 올라가 버리는 바람에 눈물을 머금고 처분했다.

하지만 한번 잠옷 맛을 본 인간은 예전으로 돌아갈 수가 없었다. 파자마형, 원피스형, 로브형, 티셔츠형, 소매가 짧은 것, 소매가 긴 것, 기장이 짧은 것, 기장이 긴 것, 면 소재, 모달 소재, 시어서커 소재…… 이 세계도 파면 팔수록 끝이 없다. 어느덧 나는 좋아하는 잠옷 브랜드에서 세일 알람이 오면 열 일 제쳐 두고 반사적으로 링크를 클릭해 귀엽고 예쁘고 아름다운 잠옷들을 구경하는 사람이 되었다. 유하의 하원 시간이 다가올수록 마음이 졸리지만 나의 작은 행복을 포기할 수 없지.

오늘은 날씨가 쌀쌀해서 파란 체크무늬 파자

마 위에 도톰한 카디건을 걸쳐 입고 이 글을 쓰고 있다.(심지어 나한테는 잘 때만 입는 안방용 파자마와 안방 외의 구역용 파자마가 따로 있다.) 말쑥한 차림새로 회사에 출근하는 건실한 직장인들이 보기에는 터무니없는 복장이겠지만, 나한테는 위아래 세트로 갖춰 입은 파자마가 등을 곧추세우고 모니터를 바라보게 만드는 훌륭한 작업복이다.

오스트리아 출신의 정신과 의사이자 홀로코스트 생존자인 빅터 프랭클은 수용소에서 매일 한 컵밖에 배급받지 못하는 물의 절반을 아껴 세수를 했고, 깨진 유리 조각으로 면도까지 하며 인간의 존엄을 지키려 했다. 그와 비교하는 건 가당치 않은 일이겠지만, 나는 재택근무 노동자의 존엄(이라는 게 있다면)도 자기가 좋아하는 복장을 걸치고 있는 것에 의해 어느 정도 지켜지리라 믿는다.

선물

정장을 입는 회사를 다닐 때 산 가방이 있었다. 제법 큰 사이즈에 무거운 철제 장식까지 달려 있어서 그 회사를 그만두고부터는 손이 잘 가지 않았는데, 언젠가 가까운 친구가 같은 라인의 한 사이즈 작은 제품을 가지고 있는 것을 보고 내 가방도 들고 다니라고 줘 버렸다.

뒷날 다른 친구인 구달과 길을 걷던 중 우연히

그 이야기가 나와서, "중고로 팔 걸 그랬나?"라며 쪼잔한 소리를 했더니 구달이 만화 『피너츠』의 대사를 인용하며 말했다. "친구한테는 좋은 것만 주는 거잖아. 그러니까 후회하지 마."

그 말대로 구달은 좋은 것을 수시로 주는 선물의 달인이다. 보통 사람들은 생일이나 시험 합격, 퇴사(?) 등 명백히 축하할 일이 있을 때만 선물을 주는데 구달은 나를 만날 때마다 뭔가를 꼭 쥐여 준다.(『아무튼, 양말』✦의 저자답게 그가 주는 건 주로 양말이다. 여름에는 시원한 양말, 겨울에는 따뜻한 양말, 크리스마스 시즌에는 빨간색과 초록색 양말……. 양말광인 친구 덕분에 서랍장에 양말 마를 날이 없다.)

나도 구달처럼 특별하지 않은 날에도 좋아하는 사람들에게 좋은 것을 주고 싶지만 선물이란 게 또 의외로 어렵다. 기뻐하는 리액션에만 최선을 다하면 되는 받을 때와는 달리, 줄 때는 그것이 상대방에게 필요한 아이템인지, 취향에 잘 맞을지, 예쁜 쓰레기가

✦ 구달 지음, 제철소, 2018.

되지는 않을지 등등 고려해야 하는 사항이 많다. 특히 아직 충분히 가깝지 않은 사람에게 주는 선물은 부피가 커서 짐스럽거나 가격이 부담스러우면 안 되고, 그렇다고 너무 흔하거나 성의 없어 보여도 곤란하다.(양말광인의 12년 지기이자 서랍에 양말이 70켤레쯤 있는 사람으로서 소심하게 주장해 보건대 이럴 때 양말은 언제나 좋은 선택이다. 받는 사람도 가벼운 마음으로 기뻐할 수 있고, 주는 사람도 자신의 센스를 은근히 드러내기에 이만큼 적합한 아이템이 없다.)

선물을 고를 때의 심사숙고, 그건 종종 '정성'이라는 말로 표현된다. 나는 '온갖 힘을 다하려는 참되고 성실한 마음'이라는 그 뜻에서 뿜어져 나오는 고지식함을 다소 견디기 힘들어하는 부류의 인간이지만(왠지 이른 새벽에 정화수를 떠다 놓고 자식의 과거 합격을 비는 어머니의 모습이 떠오르고 만다……), 친구네 집들이를 앞두고 디퓨저 5종의 구매 후기를 낱낱이 읽어 보는 마음을 표현할 수 있는 한국어는 역시 정성밖에 없지 않을까 싶다. 게다가 디퓨저는 커피 드립백 세트와 향초와 샤워 가운과 샴푸 바를 거쳐 확정한 아이템이었고…….

사람들이 축하나 고마움을 표현할 때 간편하게 현찰을 내밀지 않고 굳이 시간과 (곧 쓰레기가 될) 포장재를 써 가며 준비한 선물을 주는 이유는, 그런 비물질적인 마음까지 그 안에 함께 담고 싶어서일 것이다.(봐라, 이게 너를 생각하는 나의 참되고 성실한 마음이다!) 그리고 그 참되고 성실한 마음이 흘러넘쳐 자기도 모르게 티를 내고야 마는 사람들이 내 눈에는 정말 사랑스럽게 보인다. 마치 디저트 가게 메뉴판에 '토스카나 할머니의 레몬 케이크'라고 적혀 있으면 (실제로 이탈리아 토스카나 지방의 할머니가 한국의 망원동까지 와서 그 레몬 케이크를 구웠을 리 없지만 그것과는 상관없이) 더욱 군침이 돌 듯이, 주는 사람이 어떤 마음으로 그 물건을 골랐는지 뿌듯한 얼굴로 설명을 곁들이는 선물은 그게 뭐든 쓸 때 기분이 더 좋다.

일본어 초급 교재에 반드시 등장하는 표현 중 하나로 "보잘것없는 물건이지만(별것 아니지만)つまらないものですが"이라는 구문이 있다. 선물을 줄 때의 관용구로 겸양을 중시하는 일본인의 성향이 녹아 있는 예의 바른 말이다. 하지만 이 말을 들을 때마다 나는 물건에

귀가 있다면 섭섭해 할 거라는 생각이 든다.(비슷한 예로 나의 고향인 경상도 사람들도 "오다 주웠다"라는 말로 선물을 줄 때의 알 수 없는 쑥스러움과 낯간지러움을 면피한다고 알려져 있다.) 실행에 옮겨 본 적은 없지만, 할 수만 있다면 상대방의 어깨를 두 손으로 꼭 잡고 흔들며 "전혀 보잘것없지 않아요! 왜냐하면 이건 당신이 ○○시로 여행 갔을 때, 양손에 이미 짐이 가득한데도 무리해서 사 온 그 지역 특산물이니까요!"라고 외치고 싶다.

〈싱어게인 3〉이라는 가수 서바이벌 프로그램에서, 컨디션이 안 좋았던 한 참가자가 노래하는 내내 가사를 틀리다가 마지막 소절이 끝나자마자 자기도 모르게 "아, 망했다"라고 내뱉은 적이 있다. 그때 심사위원으로 나온 김이나 작사가가 했던 말이 인상적이었다. "선물을 주는데, 포장을 확 뜯으면서 주는 느낌이었어요." 과연 그 말대로다. 아무리 정성껏 준비한 선물(무대)이라도 "이거 그렇게 좋은 건 아닌데"라고 말하면서 주면 받는 사람도 기쁨을 마음껏 표현할 수 없다.

그것이 얼마나 좋은 물건인지에 대해 줄줄 읊어야 한다는 뜻은 아니다. 다만 기왕 주는 것이라면, 자신의 정성을 스스로 깎아내리기보다 “지난번에 보니까 네가 이런 거 좋아하는 것 같아서” “내가 써 보니까 괜찮더라고”라는 말을 덧붙이는 것이 그 선물을 더욱 빛나게 만들지 않을까.

이 글을 쓰던 중 당근마켓에 비비안 웨스트우드의 새 양말 두 켤레가 올라와 있는 것을 보고, 참되고 성실한 마음으로 재빨리 판매자에게 메시지를 보냈다. “팔렸나요?” 구매에 성공하면 다음 주에 만나는 구달에게, 아무 날도 아니지만 양말을 보니 네 생각이 났다고 말하며 줄 것이다.

(2부)

오늘의 가장 좋은 순간

자기만의 방

초등학교 3학년 때 내 방이 생겼다. 방이 두 개인 집에서 세 개인 집으로 이사를 가며 그전까지 함께 방을 쓰던 언니와 나는 각자의 방을 가지게 되었다. 곧 남동생이 태어났고 몇 년 뒤 우리는 다시 다른 집으로 이사를 갔지만(역시 방이 세 개 있는 집이었다) 부모님은 이번에도 두 딸에게 방을 하나씩 배정해 주었다. 그 탓에 남동생은 내가 대학에 갈 때까지 부모님과 함께

인방을 써야 했다. 보통 우리와 같은 구성의 가족이라면 자매끼리 한방을 쓰고 남자 형제에게 방 하나를 주는 것이 일반적일 테니, 나와 언니는 꽤 특별한 복을 누렸다고 할 수 있다.

내 방에는 엄마가 이사하며 새로 사 준 민트색 책상과 옷장, 침대가 있었다. 침대 발치에는 아빠가 어딘가에서 주워 온 비디오 일체형 TV가 있었고 책상 맞은편에는 컴퓨터와 컴퓨터 책상이 있었다. 옷장 옆에는 아빠가 또 어딘가에서 주워 온(실로 무언가를 잘 주워 오는 사람이었다) 전축까지 있었으니 그곳은 그야말로 나만의 왕국이었다.

그 왕국의 주인인 나는 좋아하는 가수의 포스터로 사방의 벽을 도배했다. 밤늦도록 라디오를 들었고 새벽까지 부모님 몰래 PC통신을 했다. 거기서 알게 된 대학생 언니들이 추천하는 영화와 책을 봤다. 하교 후에는 교복 차림 그대로 침대에 배를 깔고 엎드려 포카칩을 초장에 찍어 먹으면서 만화책을 봤고(과거의 나에게 손을 뻗어 등짝을 때리고 싶다. 밖에서 입던 옷으로 침대에 올라가지 마! 침대 위에서 음식 먹지 마!), 잡지 사은품으로 받은 소형 전화기를 부모님 몰래 내 방에서 연결해 역시 부모님 몰래 개통한 삐삐의 음성사서함 메시지를 들었다.

엄마는 남동생이 공부를 안 할 때마다 "네 작은 누나는 여름이면 세숫대야에 발을 담그고 책상 앞에 앉아서 독하게 공부했다"라는, 거의 박혁거세가 알에서 나왔다는 것과 비슷하게 안 믿기는 일화를 읊곤 했다. 의아한 일이었다. 아마도 엄마의 기억이 더 정확하겠지만, 나한테는 그 방에서 그처럼 독하게 공부한 기억이 별로 없기 때문이다. 오히려 나에게 남아 있는 그 방에 얽힌 기억은 밤새 PC통신을 하다가 아침에 내 방 옆 베란다의 세탁기에 빨랫감을 넣으러 온 엄마와 창문 너머로 눈이 딱 마주쳐 버린 것, 라디오를 들으며 편지를 썼던 것, 침대에서 (만화)책을 읽다가 불을 켜 둔 채 잠들어 버린 것, 그런 것들이다.

나는 나의 왕국에 가족들이 벌컥벌컥 문을 열고 들어오는 것이 너무 싫었다. 내가 보는 것, 듣는 것, 쓰는 것, 머릿속에서 전개하고 상상하는 것, 그 모든 것을 나는 가족과 절대 공유하지 않았다. 그래서 내 방에 있을 때면 항상 문을 잠갔는데, 그러다가 손잡이가 고장 나서 문을 아예 못 열게 된 적이 있다. 그 때문에 한동안 아침에 일어나면 교복으로 갈아입고 책가방을 멘 뒤 창문을 통해 베란다로 뛰어내려야 했다. 완벽한 등교 복장으로 베란다와 이어진 부엌문을 벌컥 열고 등장해, (세수도 안 한) 태연한 얼굴로 식탁 앞에 앉는 나를 보고 가족들은 마구 웃어 댔다. 나는 그게 또 민망해서 애써 무표정으로 식사를 마치고 학교에 갔다. 하지만 그런 우스꽝스러운 아침도 아빠가 고장 난 손잡이를 아예 빼 버림으로써 얼마 못 가 끝났다. 나는 더 이상 문을 잠그지 못했고, 내 사춘기는 그렇게 지나갔다.

대학에 합격해 방을 구하러 서울에 갔을 때, 엄마는 서울 사는 고등학교 동창에게 나를 데리고 다니며 함께 방을 봐 달라고 부탁했다. 나는 언니와 함께 전날 수원의 친척 집에서 하룻밤을 자고 아침에 그 아주머니 집으로 갔는데, 서울 지리에 익숙하지 않아 약속 시간보다 30분이나 늦고 말았다. 늦은 와중에도 겉으로는 다 쓰러져 가는 것처럼 보였던 아파트가 실내 바닥에는 대리석이 깔려 있고 코너마다 미술관에서나 봤던 조각품으로 장식되어 있어서 기겁했다.(그곳은

압구정 현대아파트였다…….) 아주머니는 서울은 아침 일찍 움직이지 않으면 차가 많이 막힌다며 언니와 나를 자신의 볼보 세단으로 다급히 밀어 넣었다.

우리는 내가 다닐 대학이 있는 동네로 가서 전봇대의 전단을 참고해 방을 보러 다니기 시작했다. 두세 군데쯤 돌아다녔을 때 크기는 내 왕국의 절반 정도밖에 안 되었지만 신축이라 깨끗한 하숙집 방을 찾았다. 월세는 40만 원이라고 했다.(20여 년 전 가격인데 화폐가치 계산기로 계산해 보니 지금의 66만 4천 원에 해당한다.)

너무 비싸지 않나, 속으로 생각하고 있는데 아주머니가 엄마에게 전화를 걸어 이 방이 가장 괜찮으니 그냥 여기로 하라고 말했다. 가격을 들은 엄마는 그럴 수 없다고 대답했다. 매달려 볼 여지조차 주지 않는 단호한 어조였다. 나와 언니는 아무런 소득 없이 집으로 돌아오는 수밖에 없었다.

고등학교 동창의 호의를 허사로 만들면서까지 그 방을 거절해야 했던 엄마 마음을 그때의 내가 짐작할 수 있었다면, 그만큼 철이 들어 있었다면 인생이 많이 달라졌을 것이다. 일단은 서울의 사립대로 진학하지 않았을 것이고, 집 근처의 사범대나 교대에 가서 선생님이 되었을지도 모른다. 보통 가난한 집 아이들은 철이 빨리 든다는데 나는 철이 들지 않음으로써 일종의 방어기제를 작동시키고 있었는지도 모른다. 그러나 스무 살의 나는 이제부터 스스로를 온전히 책임질 거라는 감각에 매우 도취되어 있었고, 거기에는 근심과 걱정보다 흥분의 함유량이 훨씬 더 많았다.(이걸 다행한 일이라고 해야 할지…….)

얼마 후 나는 다시 서울로 가서 학교 옆 고시원 방을 20만 원에 계약했다. 두 팔을 벌리면 양쪽 벽에 닿았고, 에어컨은 복도에만 있어서 여름이면 문을 열어 놓고 자야 하는 방이었다. 심지어 건물 현관에 별다른 잠금장치가 없어서 누구나 아무 때고 출입할 수 있었는데 말이다.

그 고시원에서 한 학기 동안 살다가 여름방학이 되어 집으로 내려왔을 때, 내 방을 물려받아 쓰고 있던 남동생은 순순히 나에게 방을 다시 내어줬다. 나는 침대에 누워 포스터들이 치워진 하얀 벽을 바라보며 이상하다, 이 방이 왜 이렇게 크지, 원래 이렇게 컸나, 하고 계속 생각했다. 고시원 방에 익숙해진 나에게는 그 방이 너무 넓고 휑해서, 그 휑한 공간으로 벽들이 쓰러져 내 몸을 짓누를 것 같았다. 여름방학 내내 하루 종일 과외를 하며 앞으로 살 집의 보증금을 모았다. 2학기부터는 친구 셋과 함께 투룸에 살았고, 그 뒤로 반지하 원룸, 1층 원룸, 또 다른 투룸, 기숙사, 오피스텔 등 다양한 주거 공간을 거친 끝에 결혼을 하면서 기나긴 월세방 생활을 청산했다.

나는 나의 왕국을 떠나온 다음에야 비로소 내가 보는 것, 듣는 것, 쓰는 것, 머릿속에서 전개하고 상상하는 것을 다른 사람들과 공유하기 시작했다. 한때는 그런 개방으로부터 얻는 자극들이 나를 만든다고 생각했다. 그것도 부분적으로는 사실이겠으나, 나의 변하지 않는 어떤 줄기를 만든 결정적인 시간은 더욱 과거에 있었다. 내가 십 대 시절 누구의 방해도 받지 않는 나만의 공간에 틀어박혀 좋아하는 가수의 포스터로 벽을 도배하거나 밤늦도록 라디오를 듣지 못했다면, 새벽까지 PC통신을 하지 못했다면, 무라카미 하루키나 요시모토 바나나, 에쿠니 가오리 같은 일본 작가들의 소설을 그때 탐독하지 못했다면, 무언가를 쓰고 싶다는 열망에 사로잡혀 보지 못했다면 나는 지금과는 완전히 다른 재질의 인간이 되었을 것이다.

자기만의 방을 가진다는 것이 누구에게나 당연한 일은 아니다. 나에게 나만의 방이 있었던 것은 내가 가진 줄도 모르고 누린 아주 큰 행운이었다.

사치와 허영과 아름다움

김애란 작가의 산문집 『잊기 좋은 이름』에서 잊기 힘든 문장을 봤다. “나는 우리 삶에 생존만 있는 게 아니라 사치와 허영과 아름다움이 깃드는 게 좋았다. 때론 그렇게 반짝이는 것들을 밟고 건너야만 하는 시절도 있는 법이니까.”✦ 작가의 어머니는 국숫집을 하며

✦ 『잊기 좋은 이름』 12쪽, 김애란 지음, 열림원, 2019.

세 딸을 키웠으나 번 돈을 모조리 생존에만 쏟아붓지 않았다. 딸들에게는 피아노와 책을 사 줬고 자신을 위한 옷과 분에도 지갑을 열었다. 책에서 유독 이 대목이 마음에 와닿은 이유는 내게도 그런 엄마가 있기 때문이다.

내가 기억하는 엄마의 첫 일터는 오락실이다. 전업주부였던 엄마는 내가 유치원에 들어갈 즈음 오락실을 인수했다. 두 딸의 도시락을 싸고 아침 식사를 차리느라 엄마의 아침은 늘 분주했지만 언니와 내 머리에는 늘 어제와 다른 색깔의 방울과 리본, 핀이 달려 있었다. 엄마 앞에 앉아 빗질을 받으며 팽팽하게 당겨지던 머리카락의 느낌을 나는 지금도 생생하게 떠올릴 수 있다. 포니테일, 디스코, 양 갈래, 한 올의 빠짐도 없이 꽉 묶인 나의 머리는 하원할 때까지도 거의 원형을 유지했다. 친척의 결혼식 날 엄마와 함께 미용실에 가서 올림머리를 하고 반짝이는 핀을 잔뜩 꽂았던 적도 있다. 그런 우리 모습을 보고 누군가가 너희가 결혼하냐며 크게 웃었기에 선명히 남은 기억이다. 그건 분명 웃음으로 포장한 심술이었지만 내 엄마는 그런 것에 움츠러드는 사람이 아니었기 때문에 나도 당당할 수 있었다.

또 아빠 월급날이면 우리 자매는 서점에서 책을 열 권씩 고를 수 있었다. 언니와 나는 그 책들을 베개 옆에 높다랗게 쌓아 두고 하루나 이틀 만에 다 읽어 치웠다. 읽을 책은 언제나 모자랐기 때문에 엄마는 집으로 찾아오는 출판사 외판원들에게도 곧잘 지갑을 열었다. 세계명작전집, 한국동화전집, 대백과사전, 위인전, 창작동화집, 만화로 읽는 세계사 시리즈까지 우리 집 책장은 늘 터질 듯이 꽉 차 있었다. 지금의 나는 그때의 엄마보다 형편이 넉넉하지만 유하에게 책을 그처럼 대범하게 사 주지 못한다. 그걸 생각하면 조금 울고 싶은 기분이 든다.

언니와 내가 피아노 학원에 다니기 시작하자 엄마는 삼익악기 매장으로 우리를 데려가 짙은 나무색 업라이트 피아노를 사 줬다. 그리고 딸들에게 김현식의 '내 사랑 내 곁에'나 '아드린느를 위한 발라드' 같은 곡을 연주해 달라고 자주 요청했다. 그 피아노는 우리가 초등학교를 다닐 때까지는 정기적인 조율을 받으며 제 역할을 해냈지만 중학생이 되어 피아노 학원을 끊은 뒤로는 그저 자리만 많이 차지하는 정물로 전락했다. 그리고 대학에 다닐 때 오랜만에 집에 가 보니 흔적 없이 사라져 있었다. 엄마에게 물어보자 아빠가 팔았다고 했다. 어린 딸들이 치던 모습이 생각나서 마음이 쓰렸다는 말도 덧붙였다. 거대한 애물단지가 화폐로 교환된 것이 내심 기뻤던 나는 아무런 반응도 보일 수 없었다.

어린 시절 언니와 나는 엄마가 외출하는 틈을 타 엄마의 보석함을 자주 열어 봤다. 진짜 에메랄드일 리 없는 초록색 알이 박힌 화려한 반지, 금방이라도 끊어질 듯이 가느다란 실버 체인 목걸이, 귀를 뚫지 않아도 찰 수 있는 커다란 귀고리는 어린 여자애들의 눈을 휘둥그렇게 만들기에 충분했다. 엄마 옷장에서 서양 귀부인의 얼굴 조각이 달린 브로치와 망사로 된 스카프, 부드러운 털로 뒤덮인 코트 같은 것을 꺼내어 걸쳐 보며 놀 때도 있었고, 서랍에서 근사한 펜이 나오면 몰래 가져가 쓰기도 했다. 조그만 상자 가득 담긴 립스틱을 하나하나 꺼내 그 안에 무슨 색깔이 들어 있는지 구경하고 입술에 발라 볼 때도 많았다. 언니와 나는 엄마가 예쁜 게 뭔지 아는 사람이라 생각했고,

그건 자라나는 내내 우리의 자랑거리였다.

오락실에서 보험회사로, 또 슈퍼마켓에서 백화점으로 엄마의 일터가 바뀔 동안 언니와 나는 중학생이 되고 고등학생이 되었다. 우리는 더 이상 엄마의 보석함과 옷장이 궁금하지 않았다. 나는 엄마 몰래 삐삐를 만들어 PC통신에서 만난 사람들과 연락을 나누느라 정신이 없었고, 언니는 옆 동네 지하상가에서 유통되는 일본 가수들의 불법 복제 CD와 만화 잡지를 모으는 데 열중해 있었다. 한때 엄마가 예쁘게 땋아 줬던 머리카락 아래로 엄마와 공유할 수 없는 취향과 비밀이 자라났다.

내가 1지망으로 쓴 대학에 합격했을 때 엄마는 나를 당신이 일하던 백화점 지하로 데려가 최신형 휴대폰을 사 줬다. 당시로서는 드물게 16화음이 나는, 하얀 직사각형의 40만 원짜리 폴더폰이었다. 엄마가 서울 대학가의 살벌한 방세를 그때 알았다면, 그래서 내가 고시원 월세조차 자꾸 연체하게 될 줄 알았다면 나에게 그런 비싼 휴대폰 대신 차라리 현금을 쥐여 줬을 것이다.

엄마는 나에게 풍족한 지원을 해 주지 못했음을 늘 미안해했다. 내가 돈 많은 집에서 태어났다면 사회에서 말하는 '더 높은 곳'에 이를 수 있었을 것이라고 말했다. 그러나 나는 그 점에 대해 집안 사정을 원망해 본 적이 별로 없다. 나한테는 '더 높은 곳'으로 가고 싶은 마음이 처음부터 없었을뿐더러, 사립대 입학금을 낼 돈이 때마침 우리 집에 있었다는 것만 해도 기적 같은 일이었으니까. 나는 그 기적에 감격하며 뒤도 돌아보지 않고 고향을 떠났다.

대학 생활은 고단했지만 즐거웠다. 밥 사 먹을 돈이 없어서 유통기한이 1년쯤 지난 선식(한때 다단계 판매에 빠져 있던 아빠가 사들인 제품)을 먹고 과외를 세 개씩 뛸 때도 부유한 동기들과 나를 비교하며 용케 자기연민에 빠지지 않을 수 있었던 건, 엄마가 신산한 삶 속에서도 사치와 허영과 아름다움을 선물해 준 역사가 내 안에 확고하게 존재했기 때문이다. 색색깔의 머리 방울과 리본, 책이 터질 듯이 가득했던 책장, 앨범 속 나와 언니가 입고 있는 고운 옷과 에나멜 구두. 그런 기억들을 자린고비가 천장에 매달아 놓은 굴비처럼 핥고 있는 동안에는 어떤 종류의 남루함도 감히 내 마음을 침범할 수 없었다. 나는 과거의 반짝이는 것들을 밟고 그 시절을 건넜다.

내가 처음 취직했을 때 서울에 놀러 온 엄마는 신세계 백화점 본점으로 데려가 달라고 요청했다. 그러고는 곧장 샤넬 화장품 매장으로 들어가 립스틱을 골랐다. 나는 갓 만든 신용카드로 그것을 결제했다. 필요 없는 선물 포장까지 굳이 요청해 샤넬의 하얀 꽃 장식이 달린 쇼핑백을 엄마에게 내밀었다. 사치와 허영과 아름다움을 내 손으로 선사할 수 있어 좋은 날이었다.

피아노 레슨

지난가을에는 산책을 자주 했다. 빨갛고 노란 단풍을 빼곡히 매단 나뭇가지들, 그리고 그 사이로 쏟아지는 햇빛을 멍하니 바라보다 돌아오곤 했다. 그 아름다움은 거의 폭력적일 정도로 강렬했고 나는 자주 넋을 잃었다. 그걸 혼자 보고 있는 순간만이 내 일상의 유일한 위안이라는 사실을 깨달았을 때 나는 내가 어딘가 병들었다고 생각했다. 나의 우울이 고여 있는 자리에서는 썩는 냄새가 났다.

아무것도 하기 싫다는 생각으로 시작하는 하루가 많았다. 나는 그런 종류의 의욕 없음을 어떻게 처리하면 좋을지 배운 적이 없었다. 먹고 싶은 게 없으니 장 보는 일도 고통이 되었다. 별것도 아닌 하루하루의 일과가 믿기 힘든 무게로 나를 짓눌렀다. 오늘 기를 쓰고 하루를 끝냈는데 내일 또 같은 하루가 시작된다는 게, 밥을 하고 빨래를 하고 청소를 하고 아이를 돌보는 일은 아무리 끝을 내도 끝이 나지 않는다는 게 나를 가장 질리게 했다. 내가 나만 책임지면 되는 삶이란 얼마나 가뿐할지 상상하는 것을 멈출 수 없었다.

코로나19 이후로 남편은 2년째 재택근무 중이었다. 아이는 5초에 한 번씩 엄마를 찾았다. 이 시대에는 사람들과 만나지 못하는 고통이나 고립감이 압도적으로 회자되지만 나에게 가장 필요한 것은 하루 일정량의 고독이었다. 혼자가 되려면 집 밖으로 나가야 한다.

어느 날 산책을 하고 집으로 돌아오는 길에 나도 모르게 상가의 피아노 학원 쪽으로 발걸음이 향했다. 생활에 쓸 에너지도 없는데 어째서 피아노를 치고 싶어진 것일까. 아니, 어쩌면 생활과 무관했기 때문에 끌렸는지도 모른다. 집을 깨끗하게 유지하거나 매 끼니를 차리거나 더러운 옷가지를 세탁하는 일들과는 전혀 관계없는 무언가가 필요했다. 가족과 얽혀 있지 않은 나만의 영역이.

피아노라면 초등학생 때 몇 년, 사회 초년생 때 몇 달 교습받은 게 다였다. 하지만 작업을 할 때 피아노 연주곡을 자주 틀어 놓는다거나, 경연 프로그램에서 피아노를 치는 참가자가 있으면 유독 마음이 간다거나, 클래식 콘텐츠를 다루는 유튜브 채널에서 피아노 편만 골라서 보는 평소의 성향을 되짚어 보니 이 악기와 가까워지고자 하는 욕구는 꾸준히 내 안에 존재했던 것 같다.

학원 문이 잠겨 있어서 전화번호를 메모해 왔다. 집으로 돌아와 전화로 상담 약속을 잡고 오후에 다시 찾아갔더니 원장님이 나를 맞이해 줬다.

"본인이 할 거예요, 자녀분이 할 거예요?"

카랑카랑한 질문에 주눅 든 목소리로 "제가 할 건데요……" 하고 대답하자, 원장님은 눈꼬리에 주름을 여러 개 만들며 "왠지 잘하실 것 같은데요. 제가 얼마나 많은 학생을 봐 왔겠어요? 얼굴 보면 딱 알지"라고 말했다. 학생 모집을 위한 사교성 멘트였겠지만 나는 그 말을 믿는 쪽을 선택했다. 그러지 않았다면 시작조차 못 했을 것이다.

첫 레슨 날, 아무거나 쳐 보라는 원장님 말에 초등학생들이 자주 치는 모차르트 소나타를 더듬더듬 연주했다. 실로 오랜만에 눌러 보는 어쿠스틱 피아노 건반은 당황스러울 정도로 무거웠다. 열 손가락으로 낯선 무게를 받아들이며 어색하게 멜로디를 이어 나갔다. 무심결에 귀를 막고 싶어질 정도로 컸던 그 소리는 내 오래된 기억과 같이 맑거나 쨍하지 않았고 오히려 멜로디언이나 오르간 음색처럼 살짝 찐득했다.

1, 2분쯤 쳤을 때 원장님은 내 손목을 잡고 연주를 중지시켰다. "지금 한 옥타브 낮게 시작한 거 모르죠?" 그 뒤로 "클래식만 배우면 그렇다니까요. 악보 없으면 한 곡도 못 치고……" 하는 클래식 피아노 교육 전체를 까는 것인지 나를 돌려 까는 것인지 알 수 없는 말이 잠시 이어진 뒤 나는 드디어 교재를 받았다. 오선지에 코드만 적혀 있는 악보였다. 코드 연주법을 배우기로 한 것이다. 그걸로 메이저 코드 일곱 개와 마이너 코드

일곱 개를 속성으로 익히고 바로 쳐 본 곡은 〈도레미송〉이었다. 내가 연주를 그럭저럭 해내자 방금 전 모차르트 소나타를 칠 때까지만 해도 얼굴이 흙빛이었던 원장님도 활짝 웃으며 박수를 쳐 줬다.

그 뒤로 원장님은 레슨 때마다 생전 처음 듣는 곡의 악보를 한두 장씩 안겨 줬다. 시범 연주와 동시에 "여기서는 이걸 레가토로 하고…… 리듬은 비긴으로…… 코드는 비플랫B♭이니까 전부 반음씩 내려 주고……" 하는, 거의 고대의 주문처럼 들리는 설명을 순식간에 끝낸 뒤 '참 쉽죠?' 하는 표정으로 나를 바라보는데, 나는 또 스승의 기대를 배반하고 싶지 않은 모범생 타입 인간이므로 집에서 꾸역꾸역 시간을 내어 성실하게 연습해 가고 있다.(전자 피아노를 중고로 샀다.)

어쩌면 피아노를 처음 배운 초등학생 때부터 직감적으로 알고 있었다. 나는 이 악기에 지독히 재능이 없다는 것을. 같은 곡을 같은 선생님께 배워도 옆집에 살던 친구 손에서는 별빛이 반짝이는 듯한 소리가 나고 내 손에서는 소음에 가까운 소리가 났다. 그건 단순히 연습량에서 오는 차이가 아니었다. 세상에는 피아노가 선택하는 사람이 따로 있는 것이다.

그러나 나는 내가 피아노를 잘 치지 못하는 것이 그때나 지금이나 크게 슬프지 않다. 좁은 레슨실에 스스로를 감금시키고 온 신경을 집중해 제대로 된 음을 내 보려고 애쓰는 순간 나는 생활과 가장 먼 곳에 있고, 그거면 충분하다. 아름다운 소리를 내는 것은 이번 생에 도달하지 못할 경지일 수도 있지만, 내가 가려는 방향이 그곳을 향해 있다는 사실이 내 마음을 구원한다. 어제는 분명 손이 잘 안 돌아가던 구간이 오늘 매끄럽게 쳐졌을 때 느끼는 소소한 성취감도 좋다. 내가 일군 이 작은 세계에는 노력한 만큼 조금씩 나아진다는 확실한 약속이 있고, 그 믿음은 우울을 잊는데 제법 도움이 된다. 뫼비우스의 띠처럼 같은 곳을 맴돌던 나날이 피아노라는 기준점으로 인해 미세하게 전진하는 하루하루가 된다. 그리고 그 전진은 오로지 나만 아는 영역에서 남모르게 일어난다. 그야말로 백퍼센트의 자기만족이다.

육아와 번역과 집안일에 쓸 에너지도 부족하다고 말하고 다녔던 내가 시간을 쥐어짜 피아노를 배우러 가는 게 남들 눈에는 세상 쓸데없어 보일 것 같아서 짜릿하다. 누구에게도 이해받지 못할수록 나의 쉘터는 더욱 공고해진다. 그 안에 들어앉아 혼자만의 고독을 음미하는 기분은 또 얼마나 달달한지.

그 달콤함에서 비롯된 죄책감을 저릿저릿하게 느끼며 식빵이나 반찬을 사서 가족들이 기다리는 집으로 돌아가는 길이 좋다. 거리상으로는 집에서 고작 500미터 남짓 떨어진 곳에 있다 온 것이지만 심정상으로는 작은 여행이라도 다녀온 듯하다. 그 비일상의 기분을 단물이 빠질 때까지 곱씹으며 의도적으로 아파트 단지를 빙 둘러 돌아감으로써, 나는 내게 필요한 고독을 조금이라도 더 수혈받는다.

그렇게 고독을 충전한 뒤에 보는 유하의 얼굴은 언제나 조금 더 귀여워져 있다. 꼭 껴안고 그 작은 몸이 나에게 행사하는 어마어마한 구속력을 양팔 가득 실감해 본다. 엄마 잘 다녀왔어. 다음 주에도 다녀올게, 라고 말해 본다.

> "삶이 원래 그렇다는 걸요. 갈등과 즐거움이 함께 있고 조화와 부조화가 공존하죠. 그게 삶이에요. 벗

어날 수 없어요. 음악도 마찬가지예요. 음악에도 화음과 불협화음이 있지요. 불협화음 후에 들리는 화음은 더욱 아름답게 느껴져요. 불협화음이 없다면 어떨까요? 화음의 아름다움을 모르게 되겠죠."

—다큐멘터리 〈피아니스트 세이모어의 뉴욕 소네트〉에서

여행 I

7년 전, 유하를 임신했을 때 친구들과 교토에 간 적이 있다. 그때는 아이가 태어나면 친구와의 여행은 한동안 꿈도 꾸지 못할 거라고 생각했다. 내가 생각한 '한동안'은 4~5년쯤이었고 그 예측은 어느 정도 맞았다. 실제로 육아를 해 보니 그만큼만 키워 놓으면 보호자 한 사람이 며칠 동안 아이 하나를 돌보는 데 (기는 쪽쪽 빨리지만) 큰 어려움이 없었다. 하지만 내가 예상하지 못한 것이 있었으니 바로 코로나19였다.

재택근무와 재택양육을 동시에 하느라 심신이 피폐했던 암흑의 2020년을 지나 국내 가족여행을 조심스레 시도했던 2021년, 2022년도 과거가 되었다. 이제는 모두가 아무렇지 않게 해외여행을 떠나고 있는 2023년 초, 친구 윤정이 6월에 도쿄에 갈 거라는 메시지를 보내왔다. "같이 갈까?" 손가락이 반사적으로 자판을 눌렀다. 이런 일에는 의아할 정도로 추진력이 있는 윤정과 나는 일단 항공권부터 예매했다.

나는 도쿄의 위쪽에 있는, 한국으로 치면 경기도 같은 느낌인 사이타마라는 현縣의 변두리 동네에서 이십 대의 2년을 보냈다. 국립대학의 수수한 건물과 그 대학 학생들이 사는 낡은 연립주택, 그리고 2층짜리 단독주택이 늘어선 한적한 동네였다. 자전거를 타고 골목길을 지나다 보면 돌 비석이 촘촘히 늘어선 공동묘지가 몇 군데나 나왔고, 건물들의 외벽은 사시사철 습기를 머금고 있는 것처럼 칙칙했으며, 도쿄 나들이라도 하려면 전철을 타고 한 시간 삼십 분이나 가야 했지만 나는 그곳이 좋았다. 1교시 수업을 들으러 가는 길이면 운동장에서 볼 수 있는 양궁부 학생들의 연습 광경, 교내 편의점 앞의 탐스러운 벚나무, 나와 내 친구들의 아지트였던 학교 정문 맞은편의 '비플랜트'라는 식당…… 그런 별것 아닌 요소들이 거대한 그리움이 되어 귀국한 뒤에도 오랫동안 나를 수시로 습격했다.

그래서 9년 전 혼자 도쿄에 갔을 때는 일부러 시간을 내어 사이타마까지 갔다. 그 시절의 아르바이트 동료들을 만나 우리가 일했던 스테이크 가게에서 점심을 먹은 뒤, 그들 중 한 명의 차를 얻어 타고 내가 2년 동안 살았던 대학교 기숙사로 향했다. 로비라도 잠깐 들어가 보고 싶었지만 그사이 현관에 도어락이 설치되어 있었다. 우리는 발걸음을 돌려 바로 어제 그랬던 것처럼 자연스럽게, 그 학교 학생들만 아는 휘어진 철책 사이를 통과해 교정으로 들어갔다.

우리의 산책은 오래 이어졌다. 도서관과 체육관, 교내 버스 정류장, 그런 익숙한 광경을 지나 공대 건물 사이의 짧은 가로수길을 걸었고 아무도 없는 운동장에도 괜히 한번 가 봤다. 한 걸음 내디딜 때마다 시간의 공백이 사라졌다. 원래는 비플랜트에서 저녁을 먹을 계획이었는데 일요일이라 문이 닫혀 있었다. 아쉬운 마음에 그 앞을 서성였더니 안쪽에서 사장님이 나왔다. 놀랍게도 나를 기억하고 있었다. 우리는 잠시 잡담을 나누다가 내일 또 볼 것처럼 가벼운 인사를 하고 헤어졌다. 유학 시절의 평범한 하루 중 일부를 재연해 본 것. 그것만으로 너무나 충분했던 나머지 향후 10년 동안은 그 동네에 가 보지 않아도 괜찮을 것 같았다. 아니, 오히려 앞으로 안 가는 게 좋겠다는 생각조차 들었다. 나는 그 하루를, 또 그 하루가 재연한 그 시절을 더는 다른 무언가로 덧그리고 싶지 않았다.

그 1년 뒤 구달과 함께 다시 도쿄에 갔을 때는 드라마 〈고독한 미식가〉에 나왔던 철판요릿집 방문, 리락쿠마 캐릭터숍 쇼핑, 시모키타자와의 빈티지숍 구경 등의 미션을 정신없이 수행하느라 유학 시절을 회상하는 말랑한 감상 같은 것에 빠져 있을 틈이 없었다. 그리고 그로부터 8년 뒤인 올해, 참으로 오랜만에 도쿄에 가게 된 것이다.

설렘이 주체가 되지 않아 일을 하다가도 수시로 유튜브에 접속해 도쿄 사는 사람들의 브이로그를 구경했고, 괜찮아 보이는 가게나 장소를 발견하면 구글 맵에 플래그를 찍었다. 나중에는 도시마구와 시부야구 일대의 지도가 초록색 플래그로 뒤덮여 대규모 녹지처럼 보일 지경이었다. 숙소를 검색하는 것도 여행의 큰 즐거움 중 하나였다. 윤정과 나는 각자가 검색한 에어비앤비 숙소의 링크를 서로에게 보냈고, 심지어 나는 그걸 엑셀 표로 만들어서 별점까지 매겼다……. 사람은 자기가 좋아서 하는 일에 얼마나 큰 열정을 쏟을 수 있는가.

우리의 계획은 이랬다. 나는 6월 9일에, 윤정은 6월 10일에 도쿄에 가서 각자 시간을 보낸 뒤 6월 11일 오후에 만나기. 함께 보내는 이틀은 각각 하루씩 일정을 도맡아 짜기. 자신이 짠 일정은 당일까지 상대에게 공개하지 않기.

내가 짜는 일정에 무라카미 하루키 라이브러리를 넣을 생각에 신이 나 있는 와중에 윤정이 말했다. "혹시 하루키 라이브러리 넣을 거니? 네가 넣을 거면 난 빼려고." 서프라이즈 일정 공개는 시작하기도 전에 망했다. 게다가 그날은 각자의 호텔에서 체크아웃하는 날이라서 캐리어를 어디에 두고 돌아다닐 것인가 하는 난제도 있었다. 호텔에 맡겨 두고 저녁에 찾으러 가는 안(왔던 길을 다시 가는 게 너무 피곤할 것 같아서 기각), 두 번째 숙소에 미리 가서 맡겨 두는 안(숙소 위치가 애매해서 기각), 무라카미 하루키 라이브러리가 있는 와세다 대학 근처의 코인 로커에 맡기는 안(유튜브와 구글 스트리트뷰를 뒤져 코인 로커가 있는 장소 및 로커 크기까지 확인했으나 꽉 차 있을 경우 대안이 없으므로 기각) 등을 검토하던 중 시부야역 지하 곳곳에 코인 로커가 있다는 사실을 알게 됐다. 나는 그 로커들이 꽉 찼을 경우를 대비해 근처에 있는 유인 짐 보관소까지 찾아 둔 뒤에야 겨우 그다음 일정을 짤 수 있었다.

그리하여 어렵게 정한 일정은 아래와 같다.

1. 시부야역 코인 로커에 각자 짐 맡기기
2. 와세다 대학이 있는 다카다노바바역 근처의 카페에서 만나 커피 마시기
3. 무라카미 하루키 라이브러리 탐방
4. 시부야 스카이(전망대) 가기
5. 전망대와 같은 건물에 있는 꼬치 튀김집에서 저녁 식사

6. 시부야역에서 짐 찾아 귀가

이렇게 정해 둔 다음에도 시부야 스카이는 비가 오거나 강풍이 불면 야외 전망대는 개방하지 않고 실내만 운영한다는데 그럴 경우 어떻게 할 것인가, 꼬치 튀김집은 생소한 일본 사이트에서 육식 제외 코스로 예약했는데 문제가 없을 것인가, 짐을 찾고 나면 꽤 늦은 시간일 텐데 무사히 숙소를 찾아갈 수 있을 것인가 등등 잔걱정이 휘몰아쳤지만 모두 닥쳐 보지 않으면 모를 일이다. 또한 제아무리 일이 틀어져 봤자 그건 고작 한나절짜리 골칫거리일 것이다.(일정이 한나절짜리니까.) 즉 그게 뭐든 대단한 문제는 아닐 거라는 뜻이다. 나는 이렇게 스스로를 세뇌하며, 그 모든 걱정을 불투명한 봉투에 넣어 내 눈에 안 보이는 어딘가로 치워 버렸다.

여행 II

앞의 글을 읽은 분들은 나를 광기의 계획형 인간으로 여기실지도 모르겠다. 단언컨대 틀린 판정이다. 내가 계획형 여행자가 되는 것은 누군가와 함께하는 여행에서 주도적으로 일정을 짜는 경우에 한정되어 있다. 여행지에서 혼자 다니는 나를 한 시간만 관찰해 보면 세상의 모든 계획형 인간들은 혀를 끌끌 찰 것이 틀림없다. 혼자인 나는 기분에 따라, 컨디션에 따라 일정을 수시로 바꿔 댄다. 몇 년 전부터 가고 싶었던 미술관? 피곤하니까 포기하자. 식당 예약? 그때 뭐가 먹고 싶을지 모르는데 왜 미리 해야 하지? 카페 검색? 다리 아플 때 눈에 띄는 곳에 들어가서 아무거나 마시면 되잖아. 특히 유하가 태어난 이후의 가족 여행에서는 영유아와 함께일 때 발생할 수 있는 다양한 상황들을 모조리 따져 보고 대비하느라 신경이 늘 곤두서 있었던 탓에, 오랜만에 홀로 타국을 돌아다닐 기회가 오자 머릿속 나사가 완전히 풀어졌다. 그리고 그것은 엄청난 해방감을 안겨 주었다.

나사 풀린 나는 도쿄에서 어떤 첫날을 보냈는가. 일단 전철역에서 도보 10분이면 너끈히 도착하는 숙소(신주쿠의 현대식 료칸)까지 가는 데 30분이 걸렸다.(그렇게나 길을 헤맸는데 아무한테도 미안해하지 않아도 되다니, 정말 최고였다.) 숙소에 가서는 침대에 뻗어서 몇 시간 동안 꼼짝하지 않았다.(쉬고 싶은 만큼 쉴 자유가 나한테 있다니, 믿기지 않았다.) 점심시간이 한참 지난 네다섯 시쯤에야 몸을 일으켜 동네 밥집에 가서 생선구이 정식을 먹었다.(생선을 싫어하는 유하 때문에 평소 잘 시키지 못하는 나의 최애 외식 메뉴!) 그러고 나서 느직느직 이케부쿠로의 포켓몬 센터로 향했다. 피곤해서 다른 일정은 다 취소했지만 유하 선물(피카츄 인형)을 사는 일정만은 차마 취소하지 못했기 때문이다. 숙소로 돌아오는 길에 편의점에서 산 음식으로 저녁을 간단히 때운 뒤 옥상의 노천탕에 들어갔다.

탕에는 나 말고 아무도 없었다. 온천수가 수면으로 떨어지는 소리만 울려 퍼지는 가운데 신주쿠의 빼곡한 고층 빌딩이 멀리서 은하수처럼 반짝였다. 짙은 남색에 점점이 박힌 흰색과 노란색과 빨간색 불빛들. 여행 중 드물게 찾아오는, 완벽하게 아름다운 순간이었다. 결국 나는 이런 순간 속에 있고 싶어서 여기까지 혼자 온 거라고, 뜨거운 탕에 담긴 온몸의 신경을 통해 납득했다. 욕탕에서는 사진을 찍을 수 없으니 눈앞에 펼쳐진 보석상자 같은 도쿄를 애써 눈에 담으려다가 곧 그만뒀다. 그런 무거운 마음 말고, 언제든 다시 올 수 있다는 가벼운 마음으로 이 순간을 보내고 싶었다. 방으로 돌아와 튼 텔레비전에서는 초강력 태풍이 오키나와로 돌진하고 있다는 소식이 흘러나왔다.

다음 날에는 새벽 3시에 눈을 떴다. 태풍의 영향

으로 도쿄까지 쏟아지는 빗소리를 들으며 방에 있던 다기로 호지차를 우려 마시고, 옥상의 노천탕에도 한 번 더 다녀오고, 가져간 책도 읽었다. 그러고도 조식이 나올 때까지 시간이 한참 남아서 그냥 침대에서 뒹굴었다. 아, 정말 행복하고도 사치스러운 여백의 시간이었다.

이날은 아침을 먹고 바로 나와 여하튼 많이 걸었다. 네즈미술관에서 시작해 국립신미술관, 21_21 디자인 사이트, 롯폰기 미드타운, 모마(MoMA) 디자인 스토어까지 모두 도보로 이동했더니 아이폰 피트니스앱에 16만 보가 찍혔다.(내 도보 신기록이다.) 마음껏 걷고, 내키는 대로 실컷 일정을 바꾸고, 먹고 싶은 음식을 먹고 싶을 때 먹은 날이었다.

밤에 침대에 누웠을 때, 그 모든 대단한 미술품과 아름다운 건물 들을 제치고 그날의 가장 인상 깊은 장면으로 떠오른 것은 아오야마 다리를 건너는 순간이었다. 미나미아오야마에서 롯폰기로 넘어가는 길목에 위치한 그 다리의 양옆에는 아오야마 공원묘지青山霊園가 광활하게 펼쳐져 있다. 다리를 건널 때 아침까지 내린 비를 머금은 나무와 풀숲에서 초록의 냄새가 어지러울 정도로 짙게 풍겼다. 정신이 아득해질 만큼 끝없이 늘어선 돌비석과 그 돌비석을 감싸고 있는 온갖 채도와 명도의 초록들. 마치 인간들이 사라진 이후의 지구를 보는 듯했다.

일본 사람들은 벚꽃 시즌이면 그곳에서 꽃놀이를 즐기고, 산책과 조깅 코스로도 인기가 좋다고 한다. 공동묘지에서 하는 꽃놀이와 조깅이라니, 한국으로 치면 경주 대릉원에서 연날리기하는 것과 같은 풍경이려나. 죽음과 삶은 그렇게 한곳에 있었다. 도쿄는 끊임없이 재개발이 이루어지는 도시고, 그래서 올 때마다 무언가가 휘황하게 생겨나 있지만 내 마음을 사로잡는 건 언제나 이런 낡고 오래된 장소다. 다시 도쿄에 오면 이 근처에 숙소를 잡고 조깅을 해 봐도 좋겠다. 그것이 너무 먼 미래는 아니기를 바란다.

그다음 날은 윤정을 만나는 날이었다. 드디어 내가 머리를 싸매고 짠 일정을 실행할 때가 왔는데 처음부터 작은 문제가 생겼다. 시부야역 코인 로커에 갔더니 내 캐리어가 들어갈 만한 대형 칸이 다 차 있었던 것이다. 당황하며 달려간 유인 짐 보관소는 얼마 전부터 단축 운영에 들어가 이른 시각에 문을 닫는다고 했다. 이리저리 헤맨 끝에 구석 자리에 기적처럼 남아 있던 대형 칸 하나를 겨우 발견해 캐리어를 넣어 두고 다카다노바바로 향하던 중, 먼저 도착한 윤정으로부터 우리가 가려던 카페 앞에 사람들이 이미 길게 줄을 서 있다는 메시지를 받았다. 대안으로 와세다 대학 안 카페를 찾아 뒀기 때문에 윤정을 만나 태연하게 앞장섰지만 버스를 탔다가 내릴 곳을 착각해 한참을 걸었다.(길치는 불치병이다…….) 그 밖에도 역시나 날씨가 안 좋아서 시부야 스카이 전망대의 하이라이트인 야외 공간으로 나갈 수 없었다든가, 숙소로 가는 도중에 환승해야 할 전철역을 지나쳐서 다른 역에서 내렸는데 반대편 승강장으로 가는 길을 못 찾아 30분쯤 지하도를 맴돌았다든가 하는 일들이 있었다.

불투명한 봉투에 넣어 치워 둔 걱정거리들이 머리 위로 와르르 쏟아진 한나절이었지만, 막상 눈앞에 놓고 보니 그것들의 덩치는 생각보다 왜소했다. 우리는 줄이 긴 카페에 가지 않은 덕분에 여름비가 내린 와세다 대학을 산책할 수 있었다. 시부야 스카이의 야외 공간에 나가지 못했기 때문에 실내 바에서 와인을 마시며 노을에 잠기는 도쿄를 오랫동안 눈에 담을 수 있었다. 나의 걱정거리들은 폭탄이 아닌 방향 전환키가 되어 여행을 예상 가능한 것에서 예상치 못한 것으로 바꿔 놓았다. 준비한 대로 아귀가 착착 맞는 여행도 그 나름의 쾌감이 있지만 인생을 조금 더 닮은 것은 그렇지 않은 여행이다. 뜻하지 않은 기쁨, 예기치 못한 놀라움의 함유량은 언제나 후자 속에 더 많다고 나는 믿고 있다.

호사스러운 직업

가끔 감당하기 벅찰 만큼 좋은 일이 생기면 이런 생각을 한다. 나한테 이런 행운이 올 것을 오래전부터 미리 알고 있었다면, 삶의 이런저런 난관을 극복하는 게 조금은 덜 힘들지 않았을까? 도쿄 진보초에 있는 일본의 대형 출판사 소학관의 만화 편집부를 둘러보며 나는 그 생각을 오랜만에 했다. 윤정의 소개로 소학관 편집자를 도쿄 여행에서 만났는데, 그분이 회사

내부를 구경시켜 주신 것이다. 나는 만화 덕후인 언니의 영향으로 한국과 일본의 온갖 만화책을 섭렵하며 십대를 보냈다. 만화책을 보는 취미가 없었다면 아마도 나는 지금에 비해 감성 영역의 수분이 70퍼센트쯤 빠진 무미건조한 인간이 되었을 것이다. 그런 내가 일본 굴지의 종합출판사(지만 나한테는 만화의 명가)인 소학관의 내부에 들어와 있다니, 정신이 혼미해지려고 했다.

여러분, 소학관 입구에는 무엇이 있는지 아십니까. 도라에몽(등신대 인형)과 코난(등신대 패널)이 있습니다. 엘리베이터와 복도에는 우라사와 나오키(『몬스터』『21세기 소년』), 아다치 미츠루(『H2』『터치』), 타카하시 루미코(『란마 1/2』『이누야샤』) 등의 일러스트 포스터와 친필 사인이 있었다. 케이팝으로 말하자면 레드벨벳과 샤이니와 에스파를 보고 자란 외국 어린이가 성인이 되어 한국에 와서 지인 찬스로 SM 사옥을 방문하는 상황이라고나 할까. 나는 거의 몽롱한 상태로 앞서 걷던 소학관 편집자 가시와바라 씨에게 말했다.

"한국에는 성덕이라는 말이 있습니다. 성공한 오타쿠의 줄임말입니다."

"성공한 오타…… 쿠?"

"여기서 말하는 오타쿠는 일본의 오타쿠와 뜻이 좀 다릅니다만……"

설명을 덧붙일 틈도 없이 가시와바라 씨는 편집부 중앙으로 척척 걸어가 어떤 사람을 소개했다. 내가 번역한 책(영화감독 니시카와 미와의 에세이 『고독한 직업』과 『료칸에서 바닷소리 들으며 시나리오를 씁니다』)의 담당 편집자였다. 더욱 혼미해진 정신을 겨우 수습해 인사를 나눈 뒤, 내가 그 책들을 얼마나 좋아하며 번역할 때는 또 얼마나 행복했는지 더듬더듬 늘어놓았다. 그 분은 인자한 미소를 지으며 니시카와 미와의 신간을 선물해 주었다. 그 책은 한국으로 돌아와 책장에 꽂지 않고 책상 왼쪽에 놓아두었다. 요즘도 일하다가 가끔 표지를 만져 보며 소학관 방문이 꿈이 아니었음을 실감한다.

전업 번역가를 목표로 직장을 그만뒀을 때, 나는 무계획형 인간답게 먼 미래를 내다보지 않았다. 그저 내 이름으로 된 역서를 두세 권이라도 가질 수 있기를 바랐고 그다음 일은 그때 가서 생각해 보자 싶었다. 그런데 운 좋게도 처음 쓴 기획서 두 개가 한 편집자 눈에 들어 출간으로 이어졌고, 그 책들은 내 상상의 범위를 훨씬 뛰어넘은 인기를 얻었다. 암에 걸린 할머니의 까칠하고도 솔직한 일상을 그린 사노 요코의 에세이 『사는 게 뭐라고』와 『죽는 게 뭐라고』였다. 그 후 나에게는 에세이 의뢰가 많이 들어왔고, 고레에다 히로카즈, 미야모토 테루, 가쿠타 미쓰요 등 좋은 작가들의 책을 번역하는 행운을 누렸다.

그러나 도박에서 말하는 초심자의 운처럼 나의 역서가 그런 인기를 얻은 것은 처음 한 번뿐이었다. 지난 10년을 돌아보면 나는 정말로 근근이 이 직업을 붙들고 있었다. 생업으로 삼기에는 너무 적은 보수, 오랫동안 작업 의뢰가 안 들어오면 희미하다 못해 거의 투명해지는 직업에 대한 자기 확신, '단군 이래 최대 불황'이 아닌 적이 없었던 듯한 출판 시장……. 인정하기 싫지만 나는 조금 지친 것 같다. 번역에 지친 게 아니라 번역만 해서는 먹고살기 힘든 상황에 지쳤다. 그리고 그 마음은 번역가라는 직업 자체를 회의하게 했다. 도쿄에 가기 전에는 그 회의감이 절정에 달해 있었고, 나는 번역가가 된 것을 거의 후회할 뻔했다. 앞으로도 후회하지 않으리라는 보장은 없다. 아무래도 내 인생 최고의 호사는 직업을 번역가로 선택한 게 아닌가 싶다. 호사란 돈을 생각하지 않고 하는 행위니까.

하지만 다른 직업을 가지는 것을 상상해 볼 때도, 그 상상의 한구석에는 가족이 모두 잠든 밤 책상 앞에 앉아 부업으로라도 번역을 하는 나의 모습이 있다. 그 모든 답답함과 막막함에도 불구하고 나는 여전히 이 직업이 좋은 모양이다. 이 일이 좋아서 하는 거지, 어떤 소명감이나 희생정신으로 하는 게 아니다. 내 팔자 내가 꼬았는데 누굴 탓해…….

그러므로 내가 해야 할 일은 20년 전으로 돌아가 대학생인 나에게 "걱정하지 마. 넌 번역가가 될 거고, 소학관에도 가 볼 거야. 어때, 네가 생각했던 것보다 훨씬 근사한 미래지?"라고 미리 알려 줌으로써 삶의 난관에 부딪쳤을 때 열어 볼 수 있는 희망의 상자를 건네는 것이 아니라, 지금의 나에게 "생각해 봐. 넌 이미 번역가가 되었고, 소학관에도 다녀왔잖아. 어때, 역서 두세 권 내고 끝나는 것보다 훨씬 근사한 현재지?" 라고 말하는 것이다. 그럼으로써 한없이 투명해진 자기 확신을 다시 진하게 채색하고, 그 상태로 또 근근이 이 일을 계속해 나가야 한다. 여행과는 달리 여기에 플랜 B 같은 건 없다.

덕질

단언컨대 덕질은 재능의 영역이다. 그리고 나는 그것에 재능이 있다. 어떻게 알았냐고요? 저도 별로 알고 싶지 않았습니다……. 돌이켜보면 내 덕질의 역사는 초등학교 4학년 때 발매된 서태지와 아이들 2집에서 시작되었다. 1집 〈난 알아요〉 때만 해도 시큰둥했던 내 심장이 2집의 타이틀곡 〈하여가〉에 격하게 반응했던 것이다.

〈하여가〉는 전주 길이만 약 1분에 달하고 힙합과 헤비메탈에 국악을 접목하는 등 당시로서는 엄청나게 파격적인 노래였다. 뮤직비디오 또한 여러모로 실험적이었다. 정체불명의 연기로 가득한 어두운 술집에서 젊은이들이 비트에 맞춰 몸을 흔들고, 그 위로 '하여가'라는 글씨가 흘림체로 등장한다. 바에 앉아 있던 스냅백을 쓴 외국인 무리가 그들을 보고 "저 친구들 춤 솜씨가 형편없군. 우리가 나가서 춤이 뭔지 보여 주자" 하며 무대로 나가 브레이크 댄스를 추자, 화려한 두건을 쓴 청년이 가게 안 공중전화로 달려가(휴대폰이 보급되지 않은 시대였다) 약간 미국 교포 같은 발음으로 전화를 건다. "태지 형, 좀 와 줘야겠는데?" 곧 이어 빰 빠바밤, 하는 〈하여가〉의 인장과도 같은 도입부와 함께 문이 열리며, 빛 속에서 서태지와 아이들이 등장한다. 그들이 춤을 추기 시작하자 스냅백 무리는 인정하는 듯한 표정으로 고개를 끄덕이며 말한다. "굉장한 친구들인데."

서태지와 아이들은 정말이지 굉장한 친구(?)들이었다. 그들이 컴백하면 지상파 뉴스에서 그 소식이 나왔고, 그들이 시도하는 음악 장르, 그들이 추는 춤, 그들이 입는 옷 하나하나가 엄청나게 유행하며 거리를 점령했다. 그리고 그들은 인기의 절정에서 은퇴함으로써 스스로 신화가 되었다. 초등학생이었던 나는 그들이 한국 대중문화계에 끼친 지대한 영향력이나 의의 같은 것을 정확하게 포착해 낼 수 없었지만, 앨범 수록곡 전체를 테이프가 늘어져라 듣고 은색으로 인쇄된 잘 보이지도 않는 가사를 형광등 불빛에 비추어 가며 열심히 해독하는 행위를 통해 여기에는 뭔가 근사한 것이 존재하고, 내가 그것에 매료되었다는 사실만은 어렴풋이 깨달을 수 있었다. 요컨대 나는 나도 모르게 덕후의 기본기를 다져 가고 있었던 것이다.

중학생 때는 H.O.T.가 등장했다. 반 아이들 절반쯤은 그들이 인기 곡 〈캔디〉 때 유행시킨 털모자와 털장갑, 털가방을 들고 다녔고, 나도 인생에서 처음이자 마지막으로 공식 팬클럽이라는 것에 가입했다. 우리 지역 팬들이 대절한 버스를 타고 서울까지 콘서트를 보러 갔고, PC통신에서 만난 팬클럽 사람들과 오프라인에서 종종 만나기도 했다. 그러나 나의 열정은 4집을 기점으로 빠르게 소진되었다. 그 무섭다는 덕질 권태기가 온 것이다. H.O.T.는 5집을 끝으로 해체했기 때문에 그들을 향한 나의 덕심도 권태기를 극복할 기회를 맞이하지 못한 채 자연 소멸되었다.

한번 소진된 열정은 오랫동안 다시 불타오르지 않았다. 동방신기와 빅뱅이 천하를 호령할 때도, 소녀시대가 컬러풀한 스키니진을 대유행시켰을 때도, 엠넷이 당신의 아이돌에게 투표하라고 종용할 때도, BTS가 빌보드 차트를 점령했을 때도 그것은 마치 남의 동네에서 일어나는 일처럼 나에게 잘 와닿지 않았다. 한국 인디밴드의 음악을 찾아 듣거나 은퇴한 외국 밴드의 CD를 수집하기는 했지만 그 잔잔한 애정은 과거의 활화산에 비할 것이 아니었다.

그러다 코로나19의 기세가 대단했던 어느 여름, 역병을 피해 유하와 함께 창원의 친정집에 갔다가 엄마가 무심히 틀어 놓은 텔레비전에서 한 프로그램을 접했다. JTBC에서 방영한 밴드 서바이벌 프로그램 〈슈퍼밴드 2〉였다. 보컬, 기타, 키보드, 드럼 등 자신의 전문 분야로 지원한 음악가들이 매회 새로운 팀을 꾸려 경연 무대에 오르는 이 프로그램은 엄청난 흡입력으로 나를 사로잡았다. 끝도 없이 등장하는 음악 천재들의 경이로운 솜씨에 흠뻑 빠졌다가 정신을 차려 보니, 나는 〈슈퍼밴드 1〉까지 다 본 후 시즌 1의 우승팀인 호피폴라의 절판된 앨범을 구하기 위해 중고나라와 당근마켓을 뒤지고 있었다…….

20년에 가까운 덕질 공백기만큼 입덕 부정기도 길었다. 내가 설마? 에이, 아닐 거야, 하며 스스로 열정을 미심쩍어했다. 그러나 하루에도 열두 번씩 유튜브에서 '아일'(호피폴라의 프론트맨)을 검색해 과거의 영상을 모조리 찾아보고, 그가 하는 라이브 방송을 보기 위해 유하를 일찍 재워 버리고, 온라인 팬클럽까지 수시로 접속하는 나를 발견하자 도저히 부정할 수 없어졌다. 내가 덕통 사고를 당했음을.

이 나이에 하는 덕질은 모든 게 새로웠다. '고독방'이 대체 뭐지?(팬들이 덕질 대상의 사진과 동영상 등을 말없이 고독하게 공유하는 오픈 채팅방.) '포도알'은 또 뭐고?(공연 티켓 예매 화면에서 보라색으로 보이는 선택 가능 좌석.) 난생처음 듣는 생소한 용어를 익혀 가며 그의 첫 단독 콘서트 '올콘'(모든 회차의 공연을 다 보는 것)을 뛰고, '라방'(라이브 방송)을 보고, 그가 쓴 가사와 멜로디에 푹 잠겨 지내는 일은 코로나19로 인해 울적하고 답답했던 일상의 숨구멍이 되었다. 심지어 콘서트 첫날에는 그가 무대에서 객석을 향해 던진 사인 볼을 줍는 행운도 누렸다. 그 사인 볼은 지금 내 책장의 가장 위 칸에 소중히 놓여 있다. 그 하얀 공이 기적적으로 내 발아래에 떨어졌을 때의 흥분과 환희는 이 덕질이 끝나도 오래도록 잊지 못할 것 같다.

지금은 그로부터 시간이 꽤 지나 열정의 온도가 미지근해졌지만, 아직도 나는 아일과 호피폴라가 활짝 열어젖힌 문으로 함께 들어온 다양한 음악가들의 멋진 작업에 설렘을 느끼고 감탄하고 위로받고 있다. 그렇게 덕질 이후의 세계는 덕질 이전의 세계보다 훨씬 다채로운 색상으로 채워진다.

+ 이 글을 쓰고 한참 뒤, 아일의 두 번째 단독 콘서트에 갔다가 놀랍게도 사인 볼을 또 주웠다. 휴덕(덕질을 쉬는 것) 위기를 극복하라는 덕질 신의 계시인가? 덕분에 내 유튜브 추천 영상은 다시 아일로 도배되고 있다. 선배(팬들이 아일을 부르는 애칭), 환갑에 디너쇼를 열어도 찾아갈 테니 거기서도 사인 볼을 던져 주세요.

운전

오늘은 아침부터 뙤약볕이 쏟아졌다. 유하가 다니는 유치원은 도보 10분 거리지만 가는 길에 그늘이 한 점도 없다. 혹시라도 더위를 먹을까 봐 유하를 차로 데려다주고, 돌아오는 길에 샤이니의 신곡 〈HARD〉를 틀었다. 아파트 주차장에 주차를 하자마자 노래 한 곡이 딱 끝났다. 바깥 기온은 30도에 가까웠지만 땀 한 방울 흘리지 않은 등원이었다.

나는 운전면허를 20대 후반에 땄다. 회사를 그만뒀더니 면허를 딸 시간과 돈이 생겼다. 코스 이탈, 점수 미달, 그리고 신호 무시로 인한 세 번의 불합격 끝에 1종 보통면허를 어렵사리 손에 넣었다. 어째서 2종(자동)이 아닌 1종(수동) 면허를 땄는가 하면, 수동 스틱으로 트럭 같은 큰 차를 모는 것에 대한 쓸데없는 로망이 있었기 때문이다. 운전석 창문을 내리고 왼팔을 거기에 걸친 채, 아득한 지평선을 향해 끝없이 달리는 그런 로망. 물론 그 손가락 끝에는 연기가 한 줄기 피어오르는 말보로 레드가 끼워져 있다. 내가 비흡연자이고 한국에서는 대체로 지평선을 볼 수 없다는 사실은 별로 중요하지 않다. 로망은 비현실적이어야 제맛이니까.

면허는 땄지만 내 운전 실력은 참혹한 수준이었다. 언젠가 조르바의 귀가 퉁퉁 부은 것을 발견한 밤, 급하게 24시 동물병원에 데려가느라 정신없이 주차장에서 차를 빼서 달리던 중 경고음이 울려 살펴봤더니 운전석 문이 조금 열려 있었다. 깜짝 놀라 문을 쾅 소리 나게 닫고 다시 출발했지만 여전히 경고음이 울렸다. 안전벨트를 안 했던 것이다. 허겁지겁 안전벨트를 매고 달리다가 한참 뒤에 깨달았다. 사이드미러가 접혀 있다는 것을……. 그 외에도 주유소에 들어가다가 연석에 부딪혀 타이어가 찢어졌다든가, 사이드브레이크를 올린 채 한참을 운전하다가 타는 냄새가 나고서야 무언가 잘못되었음을 깨달았다든가, 주차하다가 기둥에 뒷문을 찍었다든가 하는 자잘한(?) 실수를 수차례 저질렀다. 그때마다 기가 죽었고, 그때마다 핸들을 잡을 용기를 잃었다. 남들은 잘만 하던데 나는 왜 이렇게 엉망일까. 그런 생각이 도로 위의 운전석만큼 절실하게 드는 장소는 없었다. 하지만 다른 여러 배움과 마찬가지로 운전 또한 실수와 재도전, 그 반복을 통해서만 조금씩 앞으로 나아갈 수 있다. 다른 여러 배움에 비해 실수가 문자 그대로 치명적인 사고로 이어질 수 있다는 심각한 심리적 장애물이 있긴 하지만.

1년에 한두 번만 운전대를 잡았던 탓에 면허를 딴 지 몇 년이 지나도록 영 늘지 않던 나의 운전 실력은 유하의 출생을 계기로 크게 향상되었다. 신생아 시절 유하에게 사경斜頸✦이 있어서, 반년 동안 일주일에 세 번씩 운전을 해서 치료를 받으러 다녔기 때문이다.

처음에는 병원에서 집으로 돌아오면 오늘 내가 아무도 죽이지 않았음에 감사하며 탈진 상태로 거실 바닥에 쓰러지고는 했는데, 어느 순간 노래를 듣고 통화도 하는 여유가 생겼다. 심지어 신호에 걸려 정차 중 무심하게 카톡 확인과 답장까지 하는 나 자신을 발견했을 때는 약간 소름이 돋을 뻔했다.

코너링 후 힘을 풀면 스르륵 제자리로 돌아가는 핸들을 손바닥으로 느낄 때, 어떤 주차장이든 긴장하지 않고 자연스럽게 들어갈 때, 안전벨트 매기-사이드브레이크 내리기-브레이크 밟고 시동 걸기-사이드미러 펴기의 동작을 무의식에 가깝게 기계적으로 수행할 때 나는 내가 운전에 꽤나 익숙해졌음을 실감한다.(차마 능숙이라고는 쓰지 못하겠다.)

한번은 편집자님과 망원동에서 약속을 잡은 적이 있다. 당시 경기도 남부에 살았던 내가 선택할 수 있는 방법은 두 가지였다. 한 시간 반 동안 대중교통

✦ 신생아나 유아의 목빗근이 두꺼워지거나 짧아져 머리가 한쪽으로 기우는 질환.

을 타거나 40분 동안 운전하기. 평소라면 전자를 택했겠지만 그날은 어째서인지 후자를 선택했다. 망원동의 공영 주차장을 미리 찾아 두고 로드뷰로 예습까지 한 다음, 중간에 휴대폰을 만질 여유가 없을 것을 대비해 평소보다 신중하게 음악 목록을 골랐다. 혼자 서울까지 차를 끌고 가는 것은 처음이었고, 그 사실을 의식할수록 손바닥에 땀이 흥건하게 나서 신호에 걸릴 때마다 손을 바지에 문질러야 했지만 집채만 한 걱정에 비해서는 큰 어려움 없이 목적지에 도착했다. 도로 위 수많은 운전 선배들에게는 별것도 아니었겠으나 내게는 거의 내 안의 거대 장벽을 뛰어넘은 역사적 순간이었다. 비로소 나는 동네 한정 드라이버가 아닌 어디든 갈 수 있는 광역 드라이버가 된 것이다. 양화대교를 건너며 운전석에서 바라보는 서울의 야경은 각별히 아름다웠다.

나에게 운전은 오랫동안 '내 영역 밖의 것'이었다. 친구들은 수능을 친 뒤나 대학교 1학년 여름방학 때 당연하다는 듯이 면허를 땄지만 나는 그럴 생각조차 하지 못했다. 당장 몰 수 있는 차가 없으니 면허가

무용지물로 느껴지기도 했지만, 운전학원을 다닐 돈과 시간이 없다는 것이 가장 큰 이유였다.(생활비를 벌기 위해 과외를 세 탕 뛰고 있었다.) 그때 운전은 명확히 사치의 영역에 속했다.

또 하나, 스무 살이 넘도록 내 안에는 '운전하는 여성'에 대한 명확한 상像이 존재하지 않았다. 우리 집에서 운전하는 사람은 곧 아빠였고, 친척들 가정에서도 대부분 운전은 남자가 도맡았다. 어쩌다 엄마가 운전대를 잡으면 아빠가 조수석에 앉아서 지금 차선을 바꿔라, 깜빡이를 켜라, 여기서는 속도를 내라, 하는 식으로 코칭을 했고 주차할 때는 아예 엄마와 아빠가 자리를 바꿔 앉았다. 그러다 언젠가부터 엄마는 운전을 하지 않게 되었다.

엄마가 운전을 그만둔 것이 아빠의 코칭 탓이라고는 생각하지 않는다. 다만 이제 와 돌이켜 보니 엄마 안의 '운전하는 여성'상은 나보다 훨씬 희미했겠구나 싶다. 이모든 고모든 동창이든 누구든, 그 시절 엄마 주위의 여성들이 일상적으로 운전을 했다면 엄마도 운전을 자신의 영역으로 자연스레 받아들였을지도 모른다. 그렇게 간단히 포기하지 않았을지도 모른다.

아이를 낳은 뒤 본격적으로 운전을 시작한 나와 언니를 보고 엄마는 "젊은 애들이라 역시 빨리 배우네" 하며 감탄하고는 했다. 딸들에게서 자극을 받은 건지 모르겠지만, 엄마는 얼마 전부터 다시 운전에 도전했다. 내가 유하와 둘이서 친정에 머무를 때 우리를 뒷좌석에 태우고 교외의 카페에 간 적도 있다.

아이를 병원에 데려가야 해서, 대중교통이 불편한 곳으로 출퇴근을 해야 해서, 그런 '운전을 반드시 해야 하는 이유' 따위 없이 엄마가 오로지 자신의 즐거움을 위해 운전을 다시 시작한 게 좋다. 유하와 나는 핸들을 꼭 움켜쥐고 경직된 팔로 운전하는 엄마를 뒷좌석에서 응원한다. 운전하는 할머니와 운전하는 엄마를 보며 자라는 유하의 안에서는 우리 세대와는 또 다른 드라이버상이 생겨나고 있을 것이다.

느긋한 등원길

올해 목표 중 하나는 아침에 유하에게 "빨리 해" 라고 말하지 않기였다. 프리랜서에게 시간은 곧 돈이기 때문에 번역가가 된 뒤로 시간 절약 강박이 생겼고, 유하를 낳고 키우며 일에 쓸 수 있는 시간이 줄어들자 강박이 더더욱 심해졌다. 그러다 보니 아침에 유하가 밥을 느릿느릿 먹거나 장난을 치며 옷을 입지 않으면 속이 바작바작 타들어 간다. 과장이 아니라 정말로 온몸의 피가 마르는 느낌이다. 그럴 때는 훈육에 감정을 넣지 말자는 평소의 다짐과는 달리 아이에게 짜증 섞인 잔소리를 하고 만다. 그러면 유하는 유하대로 시무룩한 기분으로 등원을 하고, 나는 나대로 미안함과 자책감이 뒤섞인 하루를 보낸다. 그래서 결심했다. 올해부터는 유하의 늑장에 관대해지기로. 유하도 사회생활은 해야 하니 정해진 등원 시간은 지켜야겠지만, 내 시간을 확보하려는 목적으로 아이를 재촉하지는 말자고 생각한 것이다. 그리고 이 결심은 11월인 지금까지 그럭저럭 잘 지켜지고 있다.

우리 집에서 유하의 유치원까지는 걸어서 10분쯤 걸린다. 느긋한 마음이 함께한다면 유하의 손을 잡고 걷는 이 10분은 하루 중 가장 기분 좋은 시간이 된다. 어느 봄날에는 전날 산으로 소풍을 다녀온 유하가 가로수 가지에 걸린 거미줄을 보더니 이렇게 말했다.

"엄마, (어제 산에서) 신기하게도 거미줄 위에 꽃잎이 떨어져 있는 걸 봤어. 한 1.2미터 정도 되는 올챙이랑 1.5미터 정도 되는 소금쟁이도 있더라."

봄 햇살을 받아 반짝이는 은색 거미줄 위로 분홍색 꽃잎이 살며시 떨어져 있는 광경이 눈앞에 선명히 떠올랐다. 암만 그래도 1.2미터짜리 올챙이랑 1.5미터짜리 소금쟁이까지 상상하는 건 무리였지만, 최대한 호들갑을 떨며 장단을 맞췄다. "와, 그런 거대 올챙이랑 소금쟁이가 있었단 말이지? 엄마도 한번 보고 싶다." "응, 다음에 엄마도 버스 타고 따라와." 이런 대화를 나누며 걷는 길은 마음이 구석구석 봄 햇살처럼 환해진다.

날이 점차 따뜻해지자 유치원 앞 보도에 노래기가 창궐했다. 유하네 유치원은 갈대와 잡초가 가득한 드넓은 공터로 둘러싸여 있는데, 아무래도 거기서 인간의 길로 넘어온 친구들인 듯했다. 가느다란 발이 속눈썹처럼 빽빽하게 달린 모습이 꽤 징그러워서 유하는 노래기가 눈에 띌 때마다 비명을 지르며 요리조리 피해 다녔다. 그런데 정작 유치원 바깥놀이 시간에 죽은 노래기를 발견했을 때는 친구들과 같이 물에 씻은 뒤 구덩이를 파고 넣어 주었다 한다. 친구들과 함께여서 용기가 났는지, 아니면 일곱 살의 작은 허세였는지 모르겠지만 평소 벌레라면 몸서리를 치는 유하가 그랬다는 것에 좀 놀랐다. 사체를 씻긴 뒤 무덤을 만들어 넣어 주는 장례 절차를 나름대로 지켰다는 것에도 감동했다.

유치원 현관으로 향하는 길목에는 작은 텃밭이 있는데, 유하네 반은 올여름 거기에 참외를 심었다. 반 친구들 이름이 적힌 조그만 푯말도 좌르륵 꽂혀 있어서, 각자의 참외가 자라나는 모습을 관찰하는 것이 그 여름의 큰 즐거움이었다.

유하 말에 따르면 선생님이 태양이 너무 뜨거울 때는 잎이 타니까 아침에 물을 주라고 하셨단다. 그 말대로 우리는 등원길에 이따금 밭 옆에 놓인 물뿌리개를 이용해 친구들의 참외까지 고루 물을 줬다. 그런데 바로 전날까지만 해도 시들시들했던 작은 잎이 그 다음 날 크고 싱싱한 잎으로 변신하는 일이 몇 번이나 있었다. “식물의 생명력은 역시 대단하네” 하고 텃밭 앞에서 순진하게 감탄하고 있었더니 다른 아이 엄마가 지나가며 유하에게 들리지 않도록 귓속말로 알려 주었다. “그거, 시들 때마다 원감 선생님이 다시 심으시는 거예요.”

하지만 그런 선생님의 노력에도 불구하고 모든

모종이 같은 결실을 거두지는 않았다. 어떤 아이 것은 싱싱한 열매를 두세 개나 맺은 반면, 손가락만 한 열매를 맺다가 결국 죽어 버린 것도 있었다. 같은 땅에서 같은 햇빛과 물을 먹고 자랐건만 모두가 똑같은 결과를 얻지 못하는 것이 꼭 인생사의 축소판 같았다.

참외를 수확하지 못한 꼬마 농부들의 원성이 자자했는지, 2학기부터는 개인 푯말을 없애고 '○○반 텃밭'이라고만 칭하는 공산주의 혁명이 일어났다. 그리고 유하는 며칠 전 그 텃밭에서 길이가 한 뼘 정도 되는 작은 무 두 개를 배급받아 왔다. 모처럼 가을무가 생겼으니 이참에 깍두기에 도전해 볼까 싶다. 태어나서 한 번도 담가 본 적 없지만 유튜브가 있으니 뭐, 어떻게 되겠지…….

또 언젠가 등원길에는 개미 떼가 기묘할 정도로 조그만 잠자리를 이고 보도블록 틈으로 들어가는 모습을 한참 동안 관찰한 적도 있다. 사실은 할 일이 쌓여 있어서 얼른 유하를 유치원에 데려다주고 싶었지만, 잠자리가 개미굴 속으로 완전히 사라질 때까지 지켜보고 싶다는 유하의 말에 치솟는 조급증을 꾹꾹 눌렸다. “아기 잠자리라서 나는 연습을 하다가 떨어졌나 봐.” 유하는 쪼그려 앉아 그렇게 말하더니, 불쌍하다고도 징그럽다고도 하지 않고 잠자리의 날개와 몸통이 반으로 접혀 구멍 속으로 빨려 들어가듯이 사라지는 모습을 물끄러미 바라보았다. 우리가 그러고 있자 다른 아이들도 발걸음을 멈추고 그 주위를 에워쌌다. 등원길에 목격한 작은 생태계가 아이들 마음속에 어떤 씨앗으로 남을지 궁금했다.

요즘 유하는 유치원 가는 길에 쓰레기를 줍는 데 심취해 있다. 지난주부터 유하네 반에서 지구를 지키는 행동을 한 친구에게 보석(이 그려진 종이)을 하나씩 주기 때문이다. 비닐봉지, 사탕과 과자 껍질, 의문의 프린트물, 담배꽁초 등등 신경 써서 보니 그동안은 깨끗하다고 생각했던 길에 가지각색의 쓰레기가 다양하게 널려 있었다. 그것들을 주워서 붕붕 휘두르며 유치원 현관에서 선생님께 자랑스럽게 보여 드리는 것이 최근 유하의 등원 의례다. 이참에 아예 쓰레기 집게를 장만할까 싶다.

뒤에서 오고 있는 같은 반 친구를 발견하면 괜히

걷는 속도를 늦추는 유하, 앞에서 가는 친구를 발견하면 빠르게 달려 앞지르는 유하, 길 중앙보다 가장자리로 걷는 것을 좋아하는 유하, 갈대밭의 허수아비가 겨울에 춥지 않을까 걱정하는 유하(이 허수아비는 어째서인지 유하가 다니는 태권도 도장 사범님의 티셔츠를 입고 있다), 색깔이 다른 보도블록이 나타나면 어두운 색만 골라 밟는 유하, 자연물을 관찰하는 유하. 유하를 재촉하지 않는 아침에는 이런 모습들을 눈에 새길 수 있다. 유하를 위해 썼다고 생각한 시간이 나를 위한 선물이 되어 고스란히 돌아온다. 아이를 키우며 고작 몇 년 동안만 누릴 수 있는, 기간 한정의 선물이다.

(3부)

지도 밖에서도 인생은 계속된다

고양이

내가 겪은 가족의 첫 죽음은 할아버지의 것이었다. 이른 아침 전화벨이 울렸고, 받아 보니 아빠가 통곡하고 있었다. 태어나서 처음 듣는 아빠의 울음소리였다. 당시 직장 때문에 김포에 살고 있던 나는 옷장에서 검은색 옷을 찾아 입고, 택시를 잡아 서울역으로 가서 마산행 KTX 표를 샀다. 김포공항에서 비행기를 타고 김해공항으로 가는 편이 더 빨랐을 텐데, 하는 생각은 한참 뒤에야 들었다. 할아버지 댁에 도착해 보니 친척들이 침대를 둘러싸고 있었다. 거기에 이미 고인이 된 나의 할아버지가 누워 있었다. 나는 할아버지 옆으로 가서 손을 잡아 봤다. 기억도 안 날 만큼 까마득한 옛날부터 내 머리를 쓰다듬어 주었던, 나를 번쩍 들어 올려 자전거 뒤에 태워 주었던, 명절마다 장판에서 빳빳한 신권을 꺼내 나에게 쥐여 주었던 손이었다. 가족들이 돌아가며 계속 잡고 있어서인지 아직 경직되지 않은 그 손에는 온기도 조금 남아 있었다. 그러나 손목 위의 피부는 오래전에 잘라 놓은 나무 장작처럼 딱딱하고 싸늘해서 거기에 생명이 조금도 깃들어 있지 않음을 매몰차게 선언하고 있었다. 그 차이가 너무나 기이했던 탓에 울면서도 이상하다고 생각했다. 나는 언제 그 손을 놓고 뒤로 물러나야 할지, 언제 울음을 그쳐야 할지 몰라 당혹스러웠다.

지난달 조르바가 세상을 떠났다. 나이는 만으로 스무 살이었다. 르바와 할아버지 사이에 몇 차례의 죽음이 더 있었지만 나는 여전히 그 첫 죽음을 접할 때처럼 언제 르바의 앞발을 놓아 줘야 할지, 언제 울음을 그쳐야 할지 알 수 없다.

르바는 다섯 살 때 형제 고양이 디와 함께 우리 집에 와서 15년 동안 같이 살았다.(디는 7년 전에 먼저 무지개다리를 건넜다.) 나중에 들어온 길냥이 출신 노바의 거친 발바닥과는 대조적으로 평생 아스팔트 한 번 안 밟아 본 르바의 발바닥은 젤리처럼 말랑말랑했다. 곱게만 자란 르바의 별명은 고양이 왕자였지만 그 묘생이 평생 즐거웠다고는 할 수 없다. 유하의 비염이 해가 갈수록 심해지고 이따금 흰자위가 무섭게 부풀어 올랐는데, 그것이 심각한 고양이 알레르기 때문이라는 사실을 아이가 다섯 살 때 알게 되었기 때문이다. 이후 젊은 노바는 입양을 갔고 이미 열여덟 살이었던 르바는 내 방에 격리되어 지내야 했다.

이 입양과 격리의 과정을 나는 지금 단 몇 줄로 정리해 버렸지만 그 사이에는 일일이 말할 수 없는 언쟁과 고통이 있었다. 유하에게 약을 먹이며 함께 지내보자는 쪽과 약을 장기 복용했을 시의 부작용을 걱정하는 쪽이 격렬하게 맞붙었고, 노바에게는 새 가족을 찾아 주자고 결론을 내린 뒤에도 그걸 실행에 옮기기까지의 과정이 너무나 힘들었다. 결과적으로 노바는 우여곡절 끝에 나보다 모든 면에서 훨씬 나은 반려인을 만나 폭풍 같은 사랑을 받으며 지내고 있지만, 나이가 많아 입양을 보낼 수 없었던 르바는 내 방에서만 지내게 되었다. 내가 아침부터 저녁까지 대부분 방에 함께 있고, 르바는 노묘여서 움직임이 적으니 그것이 그나마 차선책이지 않을까 생각했다. 물론 거기에는 르바와 끝까지 함께하고 싶다는 나의 욕심도 있었다. 그러나 어떤 말로 포장하든 르바를 방에 가둬 버린 것은 사실이다. 나머지는 죄다 변명에 지나지 않는다.

르바는 떠나기 두 달쯤 전부터 앞발과 뒷발 관절 부분의 피부가 문드러지기 시작했다. 처음 간 병원에서는 종양으로 보인다며, 악성이든 양성이든 이 나이의 고양이에게 해 줄 수 있는 치료는 없다고 딱 잘라 말했다. 두 번째 병원에서는 종양은 아니고 아마도 장기의 문제겠지만 역시 나이 때문에 적극적인 검사와 치료는 권장하지 않는다고 했다. 두 번째 병원을 매일 통원하며 상처 치료를 받던 중 르바의 폐에 흉수가 찼다. 그 후 한 번의 입원과 두 번의 수술이 있었다.

첫 번째 수술과 두 번째 수술 사이의 어느 밤, 르

바 옆에 누워 르바를 오랫동안 쓰다듬었다. 그날따라 유난히 밥을 잘 먹고 기운도 있었던 르바는 일어서서 몇 걸음 걷더니 나에게 와 내 손에 자기 얼굴을 비볐다. 그리고 건강할 때 그랬던 것처럼 내 품속으로 파고들었다. 몸무게가 반으로 줄어 버린 회색 털북숭이의 앙상한 몸은 인간보다 따뜻했다. 르바는 초록색 눈을 끔벅거렸고, 나도 르바를 보면서 눈을 천천히 감았다 떴다. 그건 우리가 서로에게 사랑을 전하는 오랜 시그널이었다. 나는 그 순간이 내 안에 영원히 고이게 되리라는 것을 예감했다. 르바 사랑해, 르바 넌 정말 대단한 고양이야, 하고 소리 내어 말했다. 르바는 갸르릉거리며 몸을 동그랗게 말았다.

나는 르바가 내 할아버지처럼 떠나기를 바랐다. 익숙한 풍경 속에서, 가족들에게 둘러싸여 맞이하는 죽음을 르바에게 선사하고 싶었다. 디가 병원에서 떠났기 때문에 르바만은 꼭 집에서 보내 주자고 남편과도 여러 번 이야기를 나눴었다. 그러나 우리는 그 다짐을 지키지 못했다.

두 번째 수술을 받은 다음 날 아침, 옆으로 누워

있는 르바를 마주 보며 나도 누웠는데 뭔가 이상했다. 르바의 눈이 나를 향해 있었지만 나를 보지 않았다. 동공이 풀려서 까만 먹처럼 번지고 있었다. 초록색 눈 한가운데의 검은 눈동자가 바닥없는 호수처럼 출렁거렸다. 자고 있던 남편을 깨웠다. 르바가 죽을 건가 봐, 르바가 진짜 죽나 봐, 하는 나의 말에 그때까지의 다짐과 다르게 남편은 병원으로 가자고 했다. 어쩌면, 혹시, 이번에도 고비를 넘길 수도 있잖아. 그 한마디에 굳었던 결심이 허무하게 흔들리고 말았다.

병원에서는 르바가 위험한 상태인 것은 맞지만 해 줄 수 있는 치료가 아예 없는 건 아니라고 했다. 르바를 맡기고 근처 카페에서 대기하던 중 르바의 의식이 돌아왔다는 연락을 받았다. 간식도 받아먹고 야옹야옹 울기도 했다고 한다. 우리 르바는 역시 굉장한 고양이란 말이야, 하고 감탄하며 데리러 가는 길에 다시 전화가 왔다. 컨디션이 갑자기 나빠졌으니 서둘러 오라고 했다.

간호사가 따끈한 쿠션 위에 놓인 르바를 데리고 나왔다. 사지를 축 늘어트린 르바가 내 무릎 위로 옮겨졌다. 그리고 오늘 밤 르바가 많이 괴로워하면 해

줘야 할 조치에 관해 설명을 듣던 중, 의사가 엇 하고 소리를 질렀다. 르바의 동공이 풀리고 있었다. 곧이어 르바는 몹시 괴로운 듯이 기침을 두세 번 했고, 혀를 길게 뺀 채 마지막 숨을 내쉬었다. 의료진은 우리가 충분히 울 수 있도록 조용히 자리를 비켜 주었다.

이 순간을 머릿속으로 수차례 재생해 봤다. 르바는 우리가 온 것을 인식했고, 우리를 알아봤다. 그리고 내 무릎 위에서 내가 쓰다듬는 손길을 받으며 죽었다. 그 곁에는 남편과 유하가 있었고, 두 달 동안 르바를 가족처럼 예뻐해 준 의료진도 있었다. 누군가는 이만하면 괜찮은 마지막이었다고 말할지도 모른다. 그러나 그 '괜찮은 마지막'이라는 것도 결국 인간의 언어일 뿐이다. 르바의 마음이 어땠는지 짐작할 방법은 이제 없다.

7년 전 디가 떠난 이후, 나는 매일 르바의 죽음에 대해 생각하며 마음의 준비를 해 왔다. 그렇게 오래 대비했는데 집에서 보내 주고 싶다는 작은 소망조차 그토록 간단히 깨져 버렸다. 죽음은 철저히 계획의 영역 밖에 있었고, 나는 그 앞에서 이번에도 꼴사납게

허둥대고 괴로워하며 짐승 같은 소리로 울었다.

병원에서는 르바를 깨끗이 닦은 뒤 커다란 상자에 넣어 우리에게 건넸다. 디 때와 비슷한 크기의 종이 상자였다. 집에 와서 열어 보니 르바가 평온한 얼굴로 병원 수건을 덮고 누워 있었다. 몸은 살아 있을 때와 똑같이 부드러웠고, 털에 코를 박자 너무나 익숙한 냄새가 났다. 한참을 쓰다듬다가 그 옆에 앉아 반려동물 장례식장에 예약 전화를 걸었다. 유하에게는 식빵과 주스를 줬다. 슬픔을 핑계로 아이에게 아무것도 안 먹이기에는 남은 저녁이 너무 길었다.

화장장은 선향 냄새로 가득했다. 상자를 제단에 올려 두고 르바의 얼굴을 봤더니 그새 회색으로 변한 혀가 조금 나와 있어서, 나중에 염을 하는 분께 가능하면 입속으로 넣어 달라고 부탁했다. 장례식장 스태프가 수제 간식 두 개를 관에 함께 넣어 줬는데, 유하는 그걸 보고 "르바가 디랑 나눠 먹을까?"라고 물었다. "아니, 디나 노바라면 나눠 먹을 텐데, 르바는 아마 혼자 다 먹을 거야." 말해 놓고 보니 르바가 정말 그럴 것 같아서 우리는 조금 웃었다.

유하는 벽에 한가득 붙어 있는 다른 반려인들

의 편지를 보더니 자기도 르바에게 편지를 쓰고 싶다고 했다. 메모지와 필기도구를 가져다주자 "르바, 디랑 잘 지내. 간신(간식) 2개도 잘 먹어. -유하-"라고 적었고, 잠시 후 다른 장에 추가로 "르바, 더 더 더 조은 주인 만나! 잘 지내! -유하-"라고 썼다. 르바를 격리한 뒤 르바는 더 좋은 주인을 만났어야 했다고 내가 계속 말했기 때문이다.

르바가 떠난 지 한 달 반이 지났지만 나는 여전히 르바의 앞발을 어정쩡하게 붙잡고 있다. 언제 울음을 완전히 그쳐야 할지 모르는 채로 가끔 혼자 운다. 외출했다 집으로 돌아오면 습관적으로 "르바, 엄마 왔어"라고 말한다. 고작 3킬로그램짜리 털북숭이의 빈자리가 너무 크다.

반려동물을 키우는 건 사치스러운 일이다. 시간과 돈이, 무엇보다 넉넉한 마음이 필요하다. 그들과 함께하는 삶에 얼마나 많은 게 필요한지 처음부터 알았다면 나는 겁에 질려 그 삶을 선택하지도 못했을 것이다. 이별이 이렇게 고통스러울 줄 알았다면 더더욱. 하지만 아무것도 몰랐기 때문에 15년 전의 나는 그 삶을 선택했다. 그래서 그럴 자격도 없으면서 고양이가 주는 행복을 분에 넘치게 누릴 수 있었다.

햇빛 속에서 그루밍할 때 반짝이는 수염, 털에서 나는 갓 구운 빵 냄새, 내 겨드랑이 사이로 파고들 때 전해지는 따끈한 체온, 말캉한 발바닥과 의기양양하게 집 안을 활보할 때 바짝 치켜드는 꼬리, 무엇보다 나를 보고 천천히 끔벅거리는 초록색 눈. 그런 아름다움들은 자책과 슬픔으로 가득한 파란 구슬 속에 따뜻한 노란빛을 떨어트린다. 다시 만나자는 말은 염치가 없어서 도저히 할 수 없지만, 분홍 젤리가 달린 앞발을 상상 속에서 가끔 만져 보는 것 정도는 르바도 허락해 주리라 믿는다.

알리바이

지금은 어떤지 모르겠지만, 내가 대학생이었던 2000년대 초반에는 유럽 배낭여행이 유행이었다. 모두가 방학 때나 휴학 중에 유럽으로 떠났다. 나는 대학교 2학년 때는 자비로, 4학년 때는 운 좋게 장학금을 받으며 일본에서 두 차례 유학했는데, 그 장학금에는 왕복 항공권과 학비는 물론 생활비까지 넉넉하게 포함되어 있었다. 그래서 두 번째 유학을 떠나기 전에 결심했다. 이참에 돈을 모아 배낭여행을 가자고. 유학을 마치고 한국으로 돌아오면 취업 전선에 뛰어들어야 했는데, 그때를 놓치면 더는 유럽에 갈 기회가 없을 것 같았다.(살아 보니 꼭 그렇지도 않았지만.)

나는 두 번째 유학 때 쓰고 남은 생활비에 식당 서빙 아르바이트로 번 돈을 합쳐 반년 만에 배낭여행 경비를 모았다. 유학을 갔는데 어째서 학업에 힘쓰지 않은 것인가, 하다못해 취업을 앞뒀다면 그 시간에 토익 공부라도 해야 하지 않았나 하는 의문은 잠시 넣어두자. 그 대가라면 몇 달 뒤 한국으로 돌아와 수십 통의 자소서를 쓰면서, 회사 면접에서 줄줄이 떨어져 가며 혹독하게 치렀으니까……. 그렇게 나는 파리에서 시작해 유럽을 반시계 방향으로 돌다가 암스테르담에서 끝나는 28일간의 여행을 떠났다.

저녁 무렵 샤를 드골 공항에 도착해 전철을 타고 숙소를 찾아가던 길, 귀에 들리는 말과 눈에 보이는 풍경의 생경함에 압도되었던 느낌을 잊을 수 없다. 그건 40대가 된 지금은 여간해서는 감지하지 못하는, '처음'을 향해서만 열려 있는 감각이었다.

파리, 앙티브, 바르셀로나, 밀라노를 거치며 여행은 중반에 이르렀다. 기차를 타고 끝없이 펼쳐진 푸른 들판을 지나 드디어 그 여행에서 가장 기대했던 도시인 피렌체에 도착했다. 그때는 스마트폰이라는 신문물이 세상에 보급되기 전이었고, 불행히도 나는 극심한 방향치였다. 피렌체의 구도심은 지도상으로는 질서정연한 격자 모양이지만 그건 항공 뷰로 봤을 때의 이야기고, 땅에서는 어디를 둘러봐도 흰 벽과 붉은 지붕밖에 없다. 미궁이나 다름없는 그 거리에서 나는 실로 여러 차례 길을 잃었고, 그때마다 행인들의 도움을 받았다.(꼬깃꼬깃한 지도를 움켜쥔 초라한 여행객을 외면하지 않고 발걸음을 멈춰 가야 할 방향을 알려 주고, 심지어 숙소 앞까지 데려다주기도 했던 친절한 사람들의 인생에 큰 복이 있기를.)

피렌체에서 보내는 마지막 날, 기차역으로 가려던 나는 역시나 버스를 잘못 탔다. 자신의 멍청함에 얼이 빠져 멍하니 창밖 풍경을 바라보고 있을 때 한 일본인 청년이 내 근처 자리에 앉았다. 어떻게 일본인이라는 사실을 곧장 알 수 있었냐면, 그의 눈썹이 너무나 얇고 깨끗하게 정리되어 있었기 때문이다.(나는 직전 학기의 비교문화 수업에서 '어째서 일본 남자들은 다른 나라 남자들에 비해 유난히 눈썹 정리를 많이 하는가'라는 주제로 리포트를 썼었다…….) 관광객이 거의 없는 피렌체 시내버스에서 배낭을 짊어지고 캐리어를 부여잡은 두 아시아인은 서로의 처지를 단번에 파악하고 픽 웃었다. 그도 버스를 잘못 탔던 것이다.

우리를 태운 버스는 아르노강을 건너 고지대의 미켈란젤로 광장까지 올라갔다. 피렌체 시가지가 한눈에 내려다보이는 광장은 모조 다비드상을 배경으로 붉게 물들어 가고 있었다. 지금껏 지나온 어떤 시간과도 다른 신선한 저녁이 눈앞에 파노라마로 펼쳐졌다.

버스는 광장을 둘러싼 언덕을 빙글빙글 돌아 다시 시내로 내려갔다. 그러는 동안 나는 그에 대한 몇 가지 사실을 알게 되었다. 그가 졸업을 앞둔 대학생이라는 것, 취업에 성공해 이미 다닐 회사가 정해져 있다는 것, 이름에 '준'이 들어가서 '준짱'이라는 애칭으로 불린다는 것.

준짱과 나는 역시나 내려야 할 정류장에서 제대로 내리지 못했다. 우리는 한참을 헤맨 끝에 역을 찾아냈고, 기차를 기다리며 상가에서 파는 피자를 사 먹었다. 결과적으로 제법 긴 시간 동안 함께 있었던 우리는 아마도 다양한 이야기를 나누었을 것이다. 혼자 하는 여행에 대한 감상을 주고받았을 수도 있고, 둘 다 4학년이었으니 취업 시장에 관한 이야기를 했을 수도 있다.

그러나 그런 대화들은 모조리 휘발되었고, 남은 것은 내가 기차에 탔을 때 플랫폼에 서 있던 준짱이 다른 곳을 쳐다보며 딴청을 피우다가 기차가 출발하는 순간 눈이 없어지도록 웃으며 두 손을 번쩍 들어 크게 흔들어 주었던 모습밖에 없다. 그렇게 환한 미소는 좀처럼 쉽게 볼 수 없는 것이었기에, 그 뒤로도 응원이 필요한 순간이 오면 나는 그 장면을 가만히 떠올려 보고는 했다.

그래서 여행을 마치고 일본으로 돌아가 어떻게 되었는가 하면, 준짱에게 이메일과 연락처를 받아 뒀지만 그 뒤로 한 번도 연락해 보지 않았다. 바빴다거나 귀찮았다는 이유는 아니다. 그냥 그 만남에는 무엇을 더하지 않아도 좋았기 때문이다.

그로부터 7년 뒤, 나는 다시 피렌체에 있었다. 친구 부부, 나의 남편과 함께 여행을 하는 중이었는데 시차 때문에 새벽 다섯 시에 눈을 떴다. 네 명이 함께 쓰는 방이었고 나를 제외한 세 사람은 규칙적인 숨소리를 내며 잠들어 있었다. 그들을 깨우지 않기 위해 살금살금 2층 침대에서 내려와 조심스레 씻은 후 가방을 챙겨 밖으로 나왔다. 좁은 골목을 따라 발길 닿는 대로 걷다 보니 산타 마리아 델 피오레 대성당이 나왔다. 원래 전날 가 보려고 했으나 성당 사정으로 관광객의 출입을 막아 놓아 못 들어갔던 곳이다. 나는 푸릇푸릇한 새벽 기운이 걷힐 때까지 굳게 닫힌 문 앞에서 한참을 서성였다. 사방이 청색에서 우윳빛으로 변할 때쯤 멀리서 한 노신부가 걸어왔다. 그는 나를 보더니 씩 웃으며 본 조르노, 하고 아침 인사를 건넸고, 그런 다음 빠른 걸음으로 성당에 들어가려고 했다. 나는 얼른 닫혀 있던 무거운 문을 열어 주며 물어보았다.

"저도 들어가도 될까요?"

"물론이지요."

곧이어 눈앞에 나타난 광경을 어떻게 묘사해야

할지 모르겠다. 나는 세상에서 가장 유명한 건축물 중 하나인 산타 마리아 델 피오레의 넓은 홀에 혼자 덩그러니 서 있었고(신부는 미사 준비실로 보이는 조그만 방으로 들어갔다), 그건 말도 안 된다는 생각밖에 안 드는 초현실적인 경험이었다. 사방이 부드러운 적막으로 휩싸인 가운데 팔각형 돔 꼭대기에서 흘러든 아침 햇살에 천장화의 인물들이 눈부시게 반사되었다. 그들은 금방이라도 새하얀 빛 속으로 빨려 들어갈 듯했고, 내가 할 수 있는 일은 그 순간을 잡아 두기 위해 숨을 참는 것밖에 없었다. 얼마 뒤 열댓 명의 사람들이 모여들어 익숙한 동작으로 홀의 벤치에 앉았고, 곧이어 그날의 미사가 시작되었다. 알아들을 수 없는 노랫말이 천장과 바닥에 반사되어 울려 퍼졌다. 나는 그 대각선 옆쪽에 투명인간처럼 서서, 아마도 인생에서 두 번 다시 마주하지 못할 강렬한 순간이 내 앞에서 흘러가는 것을 가만히 지켜보았다.

안드레 애치먼은 『알리바이』✦라는 에세이집에 실

✦ 오현아 옮김, 마음산책, 2019.

은 로마 여행기에서 "길을 잃어라. 강제된 실수와 적당한 불안이 최고의 안내원이다"라고 썼다. 그는 "몸 속 나침반에 절반쯤은 매혹된 채" "로마가 눈앞에서 빙빙 돌도록" 거리를 돌아다닌다. 책을 읽던 나는 휴대폰의 구글 맵을 켜서 그가 떠돈 곳을 눈앞에 띄워 보았다. 스페인 광장, 캄포 데 피오리, 판테온 신전……. 그곳들을 플래그로 일일이 표시하려다가 손가락을 멈췄다. 언젠가 이탈리아에 다시 갈 수 있다면, 나 역시 "지도를 무시하고" "어찌 된 영문인지도 모른 채" 포로 로마노Roman Forum를 맞닥뜨리고 싶기 때문이다. 그리하여 "거북이 분수를 보는 것만이 아니라 거북이 분수를 예기치 않게 발견하"고 싶다. 엉뚱한 버스를 타고 가다가 누군가를 만나고, 발길 닿는 대로 걷다가 산타 마리아 델 피오레 대성당으로 들어가고 싶다. 매 순간이 낯설고 새로운 여행, 그 생경한 감각 속에서 비로소 나는 익숙한 곳을 떠나 '다른 곳'에 당도했음을 실감할 것이다. '알리바이'는 라틴어로 '다른 곳에'라는 뜻이다.

작은 노력을 계속하겠습니다✦

(다시) 사람을 두 종류로 나누자면, 세상에는 댓글을 읽는 사람과 읽지 않는 사람이 있다. 명백히 전자에 속하는 나는 '번역가라면 모름지기 요즘 말도 잘 알아야 한다'라는 핑계로 인터넷 기사의 댓글은 물론

✦ 고레에다 히로카즈의 『작은 이야기를 계속하겠습니다』(이지수 옮김, 바다출판사, 2021)를 변형한 제목.

SNS 게시물이나 유튜브의 댓글까지 두루두루 살펴보는 편이다. 얼마 전에는 샴푸 바를 소개하는 어느 유튜브 영상에서 이런 댓글을 보았다. "친환경도 돈이 있어야 하지." 혹시 이건, 한때 샴푸 바를 쓰다가 비누 닳는 속도를 견디지 못해 액체 샴푸로 회귀해 버린 내 마음의 소리인가?

지금의 집으로 이사 오기 전, 우리 집 욕실 벽에는 비누들을 붙여 두기 위한 자석 홀더가 있었다. 플라스틱 용기 쓰레기를 줄이기 위해 샤워용품들을 비누로 바꿔 써 보려고 했던 노력의 흔적이다. 이 가운데 폼 클렌저와 보디 워시, 유아용 탑투토 워시는 비누로 정착하는 데 성공했고, 내친김에 주방 세제도 설거지 바로 바꿔서 지금까지 잘 쓰고 있다. 그러나 개당 1, 2만 원씩 하는 샴푸 바가 닳는 속도는 빛의 속도와 같았고, 나는 텅 빈 생활비 통장(일명 텅장) 앞에서 백기를 흔들며 무릎을 꿇었던 것이다…….

채소나 과일도 일단 라벨에 '친환경'이라는 단어가 들어가면 그렇지 않은 것보다 두 배쯤 비싸고, 계란 역시 동물복지란을 사려면 심호흡이 필요하다. 심지어 장바구니를 그런 상품으로 채웠다 하더라도 이번에는 다른 종류의 질문이 날아든다. 그 상품의 포장재는 어떤 종류인가? 그 상품을 생산한 곳은 어떤 기업인가? 그 제품을 배달시켰을 때 담겨 오는 박스는 재활용할 수 있는가? 가능하면 내 장바구니 속의 제품들이 지구와 동물을 덜 해친 것이기를 바라지만, 그 모든 질문에 가슴을 펴고 떳떳하게 대답할 수 있는 소비란 아마도 없을 것이다. 그러므로 중요한 건 샴푸 바 하나 못 샀다고 해서 자괴감에 빠져 있을 게 아니라, 거듭되는 실패와 죄책감과 불만족 속에서도 자신의 지향점을 향해 나아가기를 멈추지 않는 것이다. "친환경도 돈이 있어야 하지" 하며 냉소하는 건 자신의 인생에나 환경에나 아무런 도움이 되지 않는다.

개개인의 가치관과 우선순위, 처해 있는 상황이 모두 같을 수는 없다. 그러므로 더 나은 곳을 향해 가려는 지향점을 가진 사람이 어떤 면에서 불완전한 모습을 보인다 해도 그것만 가지고 단편적으로 비난해서는 안 된다. 우리는 완전을 향해 나아가는 존재일 뿐, 완전한 존재일 수는 없지 않겠는가.

내가 이런 이야기를 정색하며 쓰는 이유는, 비건

으로 알려진 유명인이 어쩌다 지인들과 함께 있는 자리에서 (논비건) 라면이라도 먹으면 그걸 가지고 득달같이 달려들어 비난의 댓글을 쓰는 사람들이 존재하기 때문이다.(다시 한번 말하지만 나는 댓글을 정독한다……) 장담컨대 "라면 스프에도 동물성 원료가 들어가는데 왜 먹냐?" 따위의 댓글을 쓰는 사람들은 십중팔구 비건의 생활에 손톱만큼도 관심이 없는 자들이다. 그 생활을 접하거나 고려해 봤다면, 그런 상황에서 따로 비건 라면을 준비해 다른 냄비에 끓여 먹는 일이 얼마나 어려운 일인지 충분히 상상할 수 있을 것이다. 특히나 한국 같은 눈치 사회라면 말해 뭐하겠는가.

게다가 비건인이 일 년에 몇 번쯤 논비건 라면을 먹거나, 간헐적 논비건인이 되는 건 논비건인으로 쭉 사는 것보다 동물에게 훨씬 해를 덜 끼치는 일이다. 그걸 비난할 에너지가 있다면 페트병 라벨을 제거하거나 종이 상자의 비닐테이프를 뜯어내는 데 쓰도록 하자.

비건을 지향하는 나의 친구는 비건 치즈를 사려면 오프라인 매장이 없어서 인터넷 주문을 해야 하는데, 그러면 스티로폼과 아이스팩까지 딸려 올 테니 차라리 동네 가게에서 일반 치즈를 사는 게 낫지 않나 고민할 때가 있다고 한다. 우리가 옳다고 생각하는 각각의 가치들은 이처럼 충돌을 일으킬 때도 있다. 그때 무엇을 우선하느냐는 개인의 가치관에 따라 달라질 텐데, 나는 그런 갈등 자체에 가치가 있다고 본다. 적어도 갈등하는 사람에게는 다른 존재들에게 해를 끼치지 않으려는, 자신이 발을 딛고 선 장소를 조금이라도 덜 나쁘게 만들려는 마음이 있다. 그러므로 나 역시 내가 할 수 있는 선에서 작은 노력들을 계속해 볼 생각이다. 예컨대 설거지를 할 때면 미세 플라스틱이 나오지 않는 천연 수세미를 사용하고(이건 정말 강추 아이템이다. 팍팍 삶을 수 있고 건조가 빨라서 위생적인 데다 거품도 잘 나고 가격까지 저렴하다.), 빨대는 재사용이 가능한 스테인리스 또는 유리 제품을 쓴다. 가죽 제품이 꼭 갖고 싶으면 중고로만 사고, 고기 요리 사진은 SNS에 올리지 않는다. 당연히 충분하지 않은 노력이지만 이 노력의 총량을 나는 점차 늘려 나가고 싶다.

'모두의 노력으로 위기를 극복했습니다'라는 식의 동화 같은 결말을 믿는 것은 아니다. 오히려 나는 이 문제에 관해 절망하고 있는 편에 가깝다. 그러나 내 절망과는 관계없이, 할 수 있는 일들을 하는 것에는 의의가 있다고 믿고 싶다. 절망이 우울과 냉소로만 끝난다면 살아가는 것에 대체 무슨 의미가 있겠는가.

+ 이 글을 쓰며 찬장을 열어 보니 우리 집에는 텀블러가 열여덟 개나 있었다.(내가 산 것 네 개, 사은품이나 답례품으로 받은 것 열네 개.) 예상보다 세 배쯤 많은 개수에 나도 충격을 받았다. 맙소사, 환경 파괴범은 멀리 있지 않았군. '나나 잘하자'라는 인생의 진리를 이렇게 또 느낀다. 제발 공짜라고 넙죽넙죽 받아오지 좀 마라, 나야!

예상을 벗어나는 대화

혼자 방에 틀어박혀 묵묵히 작업하는 일을 10년 넘게 하다 보니 말하기에 나날이 서툴러진다. 하지만 책이 나오면 사람들 앞에서 말을 해야 하는 상황에 간혹 놓인다. 그래서 그런 일정이 잡히면 할 말을 미리 써 놓고 달달 외워 가고는 했다. 한데 아이러니한 점은 나의 이 성실한 노력이 도리어 찜찜한 결과를 낳을 때가 있다는 것이다. 예컨대 북토크나 인터뷰가 예정

되면 나는 사회자나 인터뷰어가 사전에 주는 질문지를 보고 답변을 미리 작성해 서너 번쯤 소리 내어 말해 본다. 실제 대화는 거의 예상한 대로 흘러가고, 나는 마치 같은 장면을 백 번쯤 연기해 본 연극배우처럼 막힘이 없지만 재미도 없는 답변을 내놓는다. 한번은 질문이 끝나기가 무섭게 "네, 그건 말이죠……" 하며 외워 온 답변을 줄줄 읊었더니 인터뷰어가 난처한 표정으로 "질문지를 괜히 미리 드렸네요"라고 했던 적도 있다.

몇 년 전에는 영화감독 고레에다 히로카즈의 책을 번역한 것을 계기로, 내가 인터뷰어가 되어 감독님을 만나 한 시간 동안 인터뷰를 할 기회를 얻었다. 인터뷰란 당하는 것보다 하는 게 훨씬 긴장되는 일이었다. 고레에다 히로카즈와의 독대라는 일생일대의 기회를 망칠 수 없다는 생각에 사전 조사를 지나치게 많이 한 나는, 감독님이 다른 인터뷰에서 어떤 질문에 어떻게 답변했는지 얼추 알게 되었다. 하지만 나에게는 인터뷰어로서의 노하우나 스킬이 전무했고, 그래서 타 매체와 크게 다르지 않은 질문밖에 준비할 수 없었다. 허를 찌르는 인터뷰보다 실패 없는 안전한 인터뷰를 선택한 결과였다.

강릉의 한 커피숍에서 작은 테이블을 사이에 두고 감독님과 마주 앉은 나는 긴장 탓에 거의 기절할 지경이었다. 반면 감독님은 초반의 어색한 시간이 지나자 아주 편안해 보였다. 내가 준비해 간 여러 장의 질문지를 보며 뭐 이렇게 많이 준비해 왔냐며 농담도 했다. 이 종이를 채우고 있는 건 당신이 다른 데서 열댓 번은 들어 봤을 질문이라는 말은 차마 할 수 없었다.

놀랍게도 감독님은 그런 식상한 질문들에도 전혀 지루해하는 기색 없이, 마치 그 자리에서 갓 태어난 생각을 말하는 것처럼 모든 대답에 진심을 담아 주었다. 어떻게 그런 일이 가능했는지 아직까지 신기하다. 진짜 노련한 연극배우는 그분이었는지도 모른다.

하지만 그것과는 별개로 나의 리액션은 부자연스러울 수밖에 없었다. 질문을 던지는 시점에 이미 상대방이 어떻게 답할지 대충 알고 있었기 때문이다. 이따금 발생하는 침묵 사이로 내비치는 거장의 예리한 눈빛은 그런 나의 초조함까지 모조리 간파하는 듯했다.

감독님은 그저 간장게장을 생각했던 것일 수도

있지만(영화계의 유명한 간장게장 마니아시다) 나로서는 인생에서 그렇게 진땀 나는 순간은 없었다. 나는 촬영 현장에서 매일 대본을 바꾸며 그로부터 태어나는 현장감과 생동감을 중시하는 연출가를 모셔 놓고, 정확히 그 대척점에 있는 인터뷰를 한 것이다. 무려 고레에다 히로카즈와 전혀 고레에다 히로카즈적이지 않은 순간을 보내다니…….

그런 경험들을 해 가며 간신히 깨달았다. 인터뷰나 북토크도 결국 목적은 좋은 대화를 나누는 것인데, 나는 그것을 닫힌 결말로 만들어 통제하려 했다. 철책으로 둘러쳐진 산책길, 갈림길이 전혀 없는 외길. 그건 사실 나 역시 바라지 않는 길이었다. 그래서 겉보기에는 무탈하게 말을 마친 날에도 돌아오는 길에 묘하게 찜찜한 기분이 들었던 것이다. 이야기 도중 모르는 게 나오거나 말을 좀 더듬으면 어떤가. 이야기가 다른 곳으로 새면 또 어떤가. 그런 과정을 거쳐 누구도 예상치 못한 새로운 길에 이르는 것이 바로 대화의 묘미인데 말이다.

이걸 깨달았다고 해서 할 말을 준비해 가는 습관

을 전면 폐기하지는 못했지만, 요즘은 내가 하는 것은 웅변이 아니라 대화라고, 그러니 실수해도 괜찮다고 스스로에게 되뇌며 그런 자리에 임하고 있다. 얼마 전에는 서이제 작가와 함께 쓴 영화에 관한 에세이집이 나와서 오랜만에 인터뷰를 했는데, 질문지를 사전에 받지 못해서 기자님께 문의해 볼까 하다가 관두었다. 인터뷰 자리에서 생각나는 대로 말해 보면 어떻게 될지 궁금했다.

인터뷰 당일, 역시나 나는 답변을 하다가 심하게 말을 더듬으며 횡설수설했다. 심지어 기자님께 "제가 대체 왜 이런 말을 하고 있는 걸까요?"라고 몇 번이나 되묻기까지 했다.(질문은 "당신 인생에서 번역이 언제부터 중요한 부분을 차지했는가?"였고, 정신을 차리고 보니 나는 기자님께 나의 첫 직장인 물류 회사에서 맡았던 직무에 대해 구구절절 늘어놓고 있었다. 대체 그게 번역과 무슨 상관이라고……) 살면서 인터뷰를 그리 많이 해 보지는 않았지만, 몇 번 안 되는 경험 중에서도 그렇게까지 엉망진창으로 말한 적은 처음이었다.

하지만 그날의 대화는 찜찜함이 아닌 여운을 남겼다. 내가 비교적 차분하게 대답할 수 있었던 질문,

더듬거리며 잘 대답하지 못한 질문, 나를 흥분시킨 질문, 뭉클했던 질문 들이 집에 오는 내내 머릿속에서 고요히 떠다녔다. 영화평론가 이동진은 좋은 영화란 극장을 나섰을 때 비로소 시작되는 영화라고 했는데, 좋은 대화도 어쩌면 혼자가 되어 집으로 돌아가는 길에 머릿속에서 다시 재생되는 대화일지도 모른다.

여담이지만 고레에다 히로카즈와의 인터뷰에서 진땀만 존재했던 것은 아니다. 원래 마지막 질문으로 준비했던 것은 "감독님의 영화 〈원더풀 라이프〉 속 설정처럼, 사후 세계(림보)에서 영화로 재현하고 싶은 인생의 가장 소중한 기억은?"이었다. 인터뷰의 마무리로는 더없이 적절했지만, 이 또한 그분이 여러 차례 들어 보았을 질문이라는 생각이 들었다. 나는 막판에 질문을 바꾸었다.

"카메라에 대한 첫 기억은 무엇인가요?"

감독님은 팔짱을 끼고 오래도록 깊은 생각에 잠겼다. 그리고 과거를 한참 거슬러 올라가, 어린 시절 집에 있었던 스틸 카메라 이야기를 꺼냈다. 설날에 신사에 가려고 카메라를 찾았는데, 어느 틈에 사라져 있어서 가족 모두가 기분이 착 가라앉았다고 한다. 돈이 궁했던 아버지가 전당포에 맡긴 것이었다. "아픈 기억이네요." "슬픈 추억이죠." 우리는 서로를 바라보며 쓰게 웃었다. 그건 예정된 답변도, 준비해 간 리액션도 아니었다. 그날의 가장 좋은 순간은 그렇게 찾아왔다.

평정심의 고수

얼마 전 방에서 문을 닫고 일하던 중 물이 콸콸 쏟아지는 소리를 들었다. 나가서 화장실을 확인해 보니 수도꼭지는 꼭 잠겨 있었다. 윗집에서 세탁기를 돌리나 보군, 하며 다시 방으로 돌아왔다. 그날따라 유난히 집중이 잘되어 작업 진도가 쑥쑥 나갔다.

한두 시간 뒤 간식을 먹으러 부엌으로 향한 나는 바닥에 흥건히 고인 거대한 물웅덩이를 목격했다. 개수대 안쪽에 있어야 할 식기세척기의 호스가 싱크대 상판으로 올라가 있었고, 거기서 나온 물이 부엌과 거실 바닥으로 흘러 홍수가 난 것처럼 고여 있었다. 전혀 기억에 없지만 아무래도 내가 점심때 설거지를 마치고 개수대를 청소하며 무심코 호스를 바깥으로 빼버린 듯했다. 물은 싱크대 상판을 타고 흘러 아직도 바닥으로 뚝뚝 떨어지고 있었다.

눈앞에 펼쳐진 장관에 충격을 받은 머리가 잘 돌아가지 않았다. 하필 싱크대 위에 놔뒀던 에어팟부터 집어 들어 생존 여부를 확인했다. 다행히 케이스만 조금 젖고 안쪽은 괜찮았지만, 손이 덜덜 떨려서 기껏 무사했던 이어폰을 양쪽 다 물웅덩이에 떨어트리고 말았다. 으악! 으아악! 이때부터 얼어붙은 머리가 강제 해동된 나는 비명을 지르기 시작했고, 수건을 있는 대로 가져와서 눈에 보이는 모든 물을 닥치는 대로 닦아 냈다. 그런 다음 소독제를 뿌리고 다시 한번 스팀 물걸레로 청소했다.

몇 시간에 걸쳐 난장판을 수습하고 나니 이번에는 바닥의 강마루가 물을 먹고 부풀어 오른 것이 눈에 띄었다. 물이 흘러간 모양대로 제법 넓은 면적이 울퉁

불퉁해져 있었다. 나는 거의 울먹이며 마룻바닥을 손으로 쿵쿵 때렸다. 들어가라, 제발 들어가라, 쉰 목소리로 호소해 봤지만 불룩한 상태로 단단하게 굳어 버린 마루는 꿈쩍도 하지 않았다. 절망적이었다.

우리는 작년 초에 이 집으로 이사를 왔다. 같은 동네에 분양받은 아파트가 완공될 때까지 1년 반 동안만 임시로 살 집이었다. 계약 당시 집주인은 전 세입자가 집을 험하게 써서 보수하는 데 애를 먹었다며, 벽에 못 하나도 허락 없이 박아서는 안 된다는 특약사항이 달린 계약서를 내밀었다. 그래서 우리는 벽시계도 책장에 어정쩡하게 올려 둔 채로 조심조심 살고 있었다. 누구보다 깨끗하게 집을 써 왔다고 자부할 수 있고, 이제 넉 달 뒤면 새집으로 이사를 가는데 그동안의 노력을 물거품으로 만드는 사태가 발생한 것이다.

밤늦게 퇴근해서 자초지종을 들은 남편은 다음 날 아침 부쩍 수척해진 얼굴로 말했다. "알아보니까 마루 공사는 저 정도 범위만 해도 백만 원이 넘더라. 만약 같은 바닥재를 못 구해서 전체를 갈아야 하면 천만 원도 넘을 거고." 나는 현실을 애써 부정했다. "굳이 공사까지 해야 할까? 집주인이 그냥 넘어갈 수도 있지 않을까?" 남편은 그 깐깐한 양반이 그럴 리 없으며, 만약 우리가 말없이 이사를 가면 괘씸해서 마루 전체를 갈라고 요구할 수도 있다고 반박했다.

남편은 언제나 최악의 경우를 상정하고 거기에 맞춰 대비책을 마련하는 조심성 많고 신중한 타입이다. 그래서 이번에도 비관적인 예측을 한 것이지만, 이미 멘탈이 깨져 버린 나로서는 소화하기 힘든 소리였다. "전체를 갈라니, 그게 대체 말이 된다고 생각해? 좀 희망적인 얘기를 해 주면 안 되는 거야?" 아아, 최악이다. 죄 없는 남편에게 화풀이를 하고 말았다.

남편이 출근하고 텅 빈 집에서 이리저리 각도를 바꿔 가며 마루를 관찰해 봤다. 부풀어 오른 부분은 여전히 바위처럼 단단해서 천 년이 지나도 원래 모습으로 되돌아가지 않을 것 같았다. 긴 한숨을 내쉬며 숨고 앱을 켜서 공사 견적을 문의했다. 숨고의 여러 고수님들은 내가 찍은 사진을 보고 구십만 원에서 백이십만 원가량의 공사비가 들 것이라고 예측했다. 기억에도 없는 실수 한 번에 백만 원(어쩌면 천만 원)이

날아가다니, 이건 너무 가혹하다…….

소파에 힘없이 누워 자학이 나를 집어삼키도록 내버려두었다. 이지수야, 너는 어째서 그렇게 부주의한 것이냐. 심지어 너는 물 떨어지는 소리도 듣지 않았느냐. 신이 너에게 만회할 기회를 주었는데 너는 왜 그 기회를 날려 버린 것이냐. 대체 왜…… 왜!!!

자랑은 아니지만(아니, 자랑인 것 같지만) 나는 나의 일상에 꽤 자주 만족감을 느끼는 편이다. 안전하고 쾌적한 잠자리가 있고, 냉장고에 먹을 게 있고, 눈 뜨면 할 일이 있고, 가족들이 크게 아프지 않은 이 상태는 거의 기적과 같다고 늘 생각하고 있다. 그런 상태가 바뀐 것도 아닌데, 잠잠한 수면 위로 던져진 작다면 작은 돌멩이 하나에 내 하루가 앓는 소리로 뒤덮여 버렸다. 내가 생각하는 평온이란 건 얼마나 연약한 지반 위에 있었던가. 나는 어떻게든 이 일을 빨리 해결해 원래의 상태로 돌아가고 싶었다.

숨고의 고수님 중 한 분이 무료로 방문 견적을 내 줬다. 공사해야 할 면적은 약 3평, 우리 집 마루의 자재는 절판되었지만 본인이 마침 그 자재를 생산한 회사에서 근무한 적이 있으니 어떻게든 구해 보겠다고 했다. 고수님 말로는 같은 자재로 갈아 끼우면 거의 티가 나지 않을 테니 집주인에게 알릴 필요도 없을 거란다. 하지만 아무리 범위가 작아도 공사는 공사이니 말을 하지 않을 수 없었다.

집주인에게 사실대로 털어놓았다. 그러자 자신이 직접 보고 확인해야겠다며 주말에 온다고 했다. 초조하게 평일을 보낸 뒤 맞이한 주말, 집주인 내외는 이 근처에 산다는 친척까지 데려왔다. 그들은 마루와 싱크대를 꼼꼼하게 살피고 손으로 바닥을 쓸어 보았다. 그런 다음 물이 안 닿은 부분이라도 습기가 번졌을 수 있고, 그런 건 나중에 뒤틀릴 수 있으니 생각보다 넓은 범위로 공사를 해야 한다고 말했다.(지당한 말씀입니다만 1평 늘어날 때마다 공사비가 30만 원씩 올라가는 걸요, 흑흑……) 그리고 얼굴이 흙빛이 된 나에게 “너무 걱정하지 마세요. 잘될 거예요” 하며 웃어 보였다. 꼼꼼하고 정확한 사람일 뿐, 나쁜 사람은 아니었다.

공사 일정은 일주일 뒤로 잡혔다. 그런데 말입니다, 하루하루 지날수록 마루가 원래의 모습을 되찾아 가는 것이 아닌가. 올록볼록했던 부분도 제법 평평해졌다. 들어가라 들어가라 애원할 때는 죽어도 안 들어

가더니, 이제 와서 대체 왜 이러는 거야? 하지만 집주인에게 알렸으니 이제 와 공사를 무를 수는 없는 노릇이었다. 피눈물을 흘리며 지난날의 섣부른 결정을 후회하고 또 자책했다. 공사 당일 아침에는 시공하러 오신 고수님도 "이걸 굳이…… 왜 하시죠?"라고 말할 정도로 티가 나지 않았다. 차라리 마루가 썩어 문드러졌다면 돈이 덜 아까웠을까? 정말이지 인간의 마음이란 간사하기 짝이 없구나.

공사를 끝내고 먼지가 앉은 집 구석구석을 청소하며 괴로웠던 지난 2주간을 되돌아봤다. 마루가 망가졌거나 목돈이 나가는 것에는 시간이 지날수록 의외로 초연해질 수 있었다. 이번 일에서 내가 가장 견딜 수 없었던 건, 다름 아닌 '문제가 있는 상태' 그 자체였다. 그래서 파문이 일고 있는 일상의 수면을 얼른 잔잔하게 만들고 싶은 마음에, 경과를 좀 지켜보라는 지인들 만류에도 불구하고 조급하게 견적을 내고 집주인에게 알려 공사 일정을 잡았다. 마루 상태가 어느 정도 회복된 뒤에 집주인에게 알렸다면, 공사까지는 가지 않고 어느 정도의 현금 보상으로 끝났을 수도 있다. 이 또한 '마루는 다시 평평해진다'라는 사실을 알고 있는 지금이기에 할 수 있는 결과론적인 이야기일 뿐이지만.

하지만 '문제가 없는 상태'라는 게 과연 삶의 디폴트 값일까? 한동안 일상이 평화로웠던 탓에 깜빡 잊고 있었을 뿐, 삶이란 게 원래 크고 작은 문제들의 연속체 아닌가. 불과 몇 달 전에는 조르바의 병과 죽음이라는 돌멩이로 수면이 크게 출렁였고, 그전에는 노바의 입양이라는 정말 힘들고 괴로웠던 돌멩이가 있었다. 그 외에도 내가 기억하지 못하거나 차마 여기에 쓸 수 없는, 이미 호수 밑바닥으로 가라앉은 돌멩이들은 또 얼마나 많겠는가. 그런 돌멩이들이 날아올 때마다 패닉에 사로잡혀 사태의 빠른 해결에만 신경을 쏟다가는 오히려 일을 더 그르칠 수 있다. 어차피 막을 수 없는 돌멩이라면 가능한 한 넓은 시야로 덤덤하게 해결 방안을 모색해 보는 게, 그리고 일상은 일상대로 살아가는 게 매사에 성급하고 당황도 잘하는 내가 익혀야 할 삶의 기술이 아닐까 싶다.

이것이 이번에 내가 86만 원(숨고에 리뷰 쓰고 할인받은 공사비)을 잃고 얻은 깨달음이다. 마룻바닥을 고치는 고수는 이번 생에 될 수 없겠지만, 평정심의 고수라면 어쩌면 한 30년 뒤에는(그러니까 일흔 살 즈음에……) 될 수 있을지도 모르지. 그때 나의 기술을 전수받고 싶으신 분들은 숨고 앱에서 내 이름을 검색하시기 바란다. 리뷰를 잘 써 준다고 약속해 주면 10퍼센트 할인해 드리겠다.

독서 권태기의 극복

한동안 책이 잘 읽히지 않았다. 번역하는 책만은 어쩔 수 없이 꾸역꾸역 읽었지만, 밤에 유하를 재워 놓고 침대에 누우면 흥미 본위의 게시물(인스타그램 돋보기)이나 유튜브 쇼츠를 끝도 없이 봤다. 세상의 즐거운 것들은 모두 휴대폰 액정 너머에 존재했고, 나는 그것들에게 뇌를 통째로 내주었다. 화면을 끄면 곧 잊어버릴 짧고 허무한 쾌락이었다. 새벽 한두 시까지 그러고 있으면 머리가 쓰레기로 가득해지는 느낌이었지만, 도파민에 중독된 뇌는 휴대폰을 멀리 치워 버리는 것을 허락하지 않았다.

그즈음 오랜만에 만난 심리학과 교수 친구가 한 가지 이야기를 들려주었다. 무언가를 먹을 때 영상을 보지 말고 음식 자체에 집중하면 다른 감각이 열린다는 것이었다. 가령 아몬드라면 아몬드의 식감, 아몬드의 크기, 아몬드의 향에 온 신경을 집중한다. 그러면 그 아몬드는 원래 알던 것과는 차원이 다르게 선명한 질감과 맛으로 다가온다……. 요컨대 무언가를 충분히 받아들이려면 자신의 '지금'을 그만큼 그 대상에 충분히 바쳐야 한다는 뜻이다. 한 손에 휴대폰을 들고 화면을 스크롤하며 먹는 아몬드의 맛과 온 마음으로 음미하는 아몬드의 맛은 같을 수 없다.

그러고 보면 책이 잘 읽히지 않았던 건, 피곤하다거나 시간이 없다는 물리적 이유 때문만은 아니었다. 그보다 책을 읽으려다가 휴대폰을 들어서 식료품을 장바구니에 넣고, 또 책을 읽으려다가 괜히 인스타그램에 한번 들어가 보고, 다시 책을 읽으려다가 메일함을 확인하는 식의 산만한 습관이 재미있는 책도 재미

없게 만든 것이었다. 알고는 있지만 해야 할 것 봐야 할 것 확인해야 할 것은 언제나 넘치게 많은 반면, 독서를 향한 나의 의지는 반쯤 녹은 마시멜로처럼 무르기 짝이 없었다.

그런데 얼마 전 무라카미 하루키의 신간 『도시와 그 불확실한 벽』이 출간되었고, 『아무튼, 하루키』라는 책을 썼다는 이유로 관련 행사들에 섭외되면서 나는 단기간 내에 강제로 이 두꺼운 벽돌책을 독파해야 하는 상황에 처했다. 그중에는 하루키의 전작 『1Q84』와 관련된 행사도 있어서, 내가 3주 안에 읽어야 할 페이지 수는 『도시와 그 불확실한 벽』에 『1Q84』 1, 2, 3권까지 합쳐 총 2,768쪽이 되었다. 기간을 20일로 잡아도 주말 포함 매일 약 140쪽씩 읽어 나가야 하는 독서 대장정이었다.

좀 변태같이 들릴 수도 있지만, 나는 이런 상황이 내심 반가웠다. 그런 외재적 동기가 없었다면 인스타그램 돋보기와 유튜브 쇼츠에 절여진 나의 뇌가 독서의 세계로 다시 향하는 데 더 많은 나날이 소요되었을 테니까.(제아무리 하루키의 신간이라도 완독 데드라인이 없으면 반쯤 녹은 마시멜로 같은 의지로는 어느 세월에 그 벽돌

책을 다 읽을지 모를 일이다.) 이 도전, 기꺼이 받아들여 주마.

그리하여 나의 지난 10월은 하루키로 가득했다. 완독일이 정해져 있는 독서라서 그런지, 아니면 입금이 되는 독서라서 그런지, 그간의 책태기(책 권태기)가 무색하게 집중이 잘되었다. 책을 읽을 수 있는 시간은 일과가 마무리되는 저녁 열한 시 이후밖에 없어서 발등에 불이 떨어진 심정으로 하루하루 절박하게 읽어 나갔다. 절박한 와중에 책이 진짜, 너무너무 재밌었다. 내가 잊고 있던 또 다른 도파민의 세계가 거기에 있었다.

『1Q84』가 처음 출간되었을 때 나는 회사원이었다. 한국어판이 나올 때까지 기다릴 수 없어서, 원서를 구입해 그 두꺼운 책을 핸드백에 억지로 집어넣고 출퇴근하는 전철에서 한 달 내내 읽었다. 그래서 등장인물 중 하나인 '후카에리'를 생각하면, 아직도 그 독특한 말투가 가타카나로 떠오른다.(하루키는 후카에리 말투의 특성을 살리기 위해 보통은 한자로 표기하는 단어들을 모두 가타카나로 표기했다.) 이번에는 아름다운 새 표지로 최근 재출간된 한국어판 『1Q84』를 읽었다. 십수 년 전 일본어로 기억했던 내용을 우리말로 덧씌우는 독서는 매우 즐거웠다.

한편 『도시와 그 불확실한 벽』은 하루키가 1980년 문예잡지 《문학계》에 발표했던 동명의 중편 소설, 「도시와, 그 불확실한 벽」을 장편으로 개작한 작품이다. 사실 하루키는 1985년에도 이 중편을 늘려 쓴 장편소설을 발표한 적이 있다. 초창기 팬들의 많은 사랑을 받았던 『세계의 끝과 하드보일드 원더랜드』가 바로 그것이다. 한데 세월이 흐르며 하루키는 『세계의 끝과 하드보일드 원더랜드』의 결말이 과연 적절했는지 의문을 품게 되었고, 그 의문은 목에 걸린 가시처럼 그를 계속 괴롭혔다고 한다. 그래서 전작의 결말을 고치고 스토리도 새로 만들어 다시 쓴 것이 이번 신작 『도시와 그 불확실한 벽』이다.

주인공은 열일곱 살 남고생인 '나'와 열다섯 살 여고생인 '너'다. 두 사람은 고교 글짓기 대회에서 만나 서로 좋아하게 된다. 소녀는 소년에게 지금 여기에 있는 자신은 그림자에 불과하며, 진짜 자신은 벽으로 둘러싸인 도시에 있다고 말한다. 그리고 소녀는 어느 날 갑자기 모습을 감춘다. 소년은 소녀를 잊지 못한 채 어른이 되고, 마흔다섯 살 생일에 구덩이에 떨어지며 벽으로 둘러싸인 '그 도시'로 들어간다. 거기에는 여전히 열다섯 살인, 자신을 알아보지 못하는 소녀가 있다.

이 소설의 1부에서 '나'는 벽으로 둘러싸인 도시를 두고 어떤 선택을 하는데, 그 선택은 『세계의 끝과 하드보일드 원더랜드』 속 주인공의 마지막 선택과도 같다. 그리고 '나'는 그 선택을 마지막 장인 3부에서 번복한다. 하루키가 『세계의 끝과 하드보일드 원더랜드』의 결말이 과연 적절했는지 의문을 품어 왔다는 것은 바로 이런 뜻이다. 그에게는 반드시 그 결말을 고쳐야 할 이유가 있었던 것이다.

그리하여 『도시와 그 불확실한 벽』의 마지막 장 마지막 줄에 이르렀을 때, 나는 작가의 의도를 완전히 납득할 수 있었다. 내가 이해하기로 주인공은 순수의 시대와 이별을 고하고 현실 세계에서 살아가는 것을 선택했다. 『상실의 시대』로 치면 와타나베가 나오코가 아닌 미도리에게로 향하는 선택을, 이번에는 주체적으로 했다고도 말할 수 있을 것이다. 이 새로운 결말은 마치 하루키가 자신의 작품을 오랜 세월 읽어 온 팬들에게 건네는 선물 같았다. 책을 읽고 슬퍼서가 아니라 감동해서 눈가가 촉촉해지는 건 실로 오랜만이었다.

방금 다 읽은 책을 껴안고 침대에 누워 여운에 젖어 있는 순간, 기나긴 책태기가 끝났음을 직감했다. 세상의 즐거운 것들은 액정 너머뿐만 아니라 활자 속에도 있는데, 몇십 년을 독자로 살아왔으면서 어떻게 그걸 홀랑 잊고 있었을까. 아니, 잊고 있었다기보다 내가 집중과 생각이 필요 없는 쪽을 선택했던 것이지만.

하지만 그런 시간은 나에게 단 한 번도 만족감이나 여운을 안겨 준 적이 없다. 질 나쁜 여가 시간을 보낸 후 남는 것은 늘 뒷맛 씁쓸한 자괴감뿐이었다. 여가 시간의 질을 높이려면 아몬드에게든, 책에게든 나를 내어주어야 한다. 휴대폰을 멀리 던져두고 책을 집어 와서 단어와 단어에, 문장과 문장에, 그 사이의 여백에 집중해야 한다.

숏폼을 연달아 클릭하는 것이 관성인 것처럼 독서 습관도 관성이었다. 3주 동안의 독서 대장정이 끝나자 아무도 시키지 않았는데 나는 책을 읽고 있다. 다시 인터넷 서점에 매일 접속하고, 신간을 구경하고, 책을 주문하고, 도서관에서 책을 빌려 온다. 이 관성이 언제까지 지속될지 모르겠지만, 일단은 헤어진 연인을 다시 만난 것 같은 고양된 상태를 즐겨 보려 한다. 바로 지금, 나에게 주어진 이 현재를 생생하게 감각하면서.

불면의 밤을 보내는 방법

망했다. 또 잠이 오지 않는다. 잠들기를 소망하며 필사적으로 눈을 감고 버틸 수 있을 때까지 버티다가 휴대폰을 확인했을 때 그 시각이 새벽 두세 시인 것만큼 절망적인 일은 없다. 나는 긴 한숨을 내쉬며 부스스 일어나 거실에서 이어폰을 가져온다. 그리고 유튜브 뮤직에서 '빗소리 ASMR'을 검색한다. 새벽의 빗소리, 처마 밑 빗소리, 경복궁 빗소리, 장독대 빗소리, 텐트에서 듣는 숲속 빗소리 등 온갖 빗소리들이 손가락 아래로 좌르륵 정렬되지만 클릭하는 빗소리는 매번 같다. '불면증에 좋은 최고의 빗소리 10분 이내 수면'. 10분 안에 잠들 리 없다는 건 경험을 통해 이미 알고 있지만 이번에도 가느다란 희망을 걸어 본다. 이 영상의 조회수는 무려 2,140만 회. 세상에 이렇게 잠 못 자는 사람이 많다는 것이 어쩐지 위로가 된다. 숲을 배경으로 부드러운 빗소리가 울려 퍼진다. 나는 다시 눈을 감고, 후드득 떨어지는 빗줄기에 조금씩 젖어 드는 나뭇잎과 흙을 상상한다.

불면의 밤은 아무런 전조 없이 발작처럼 찾아온다. 많이 걸어서 몸이 피곤하거나 커피를 마시지 않은 날도 예외는 아니다. 그럴 때면 어제와 같은 침대 위에서, 어제와 같은 이불 속에서 오늘은 잠이 오지 않는다는 게 세상에서 가장 어처구니없는 일이 된다. 빗소리 ASMR이 효과가 없으면 허브나 팥이 든 눈 찜질팩을 이용할 때도 있다. 이어폰을 끼고, 안개비 같은 목소리를 가진 진행자가 열몇 개의 에피소드를 연달아 들려주는 오디오 매거진을 틀고, 갓 데워 와 따끈해진 찜질팩을 눈 위에 올린다. 첫 번째 에피소드가 지나가고, 두 번째 에피소드가 지나가고…… 세 번째 에피소드가 나오기 전에 잠들 수 있다면 운 좋은 밤이다.

운 나쁜 밤에는 (옆에서 남편이 자고 있으므로) 불을 켜지 않아도 읽을 수 있는 전자책 디바이스를 가져온다. 이럴 때 너무 흥미진진해서 오히려 잠이 달아나는 책은 곤란하다. 잘 모르는 분야의 책, 한 문단을 여러 번 읽어야 가까스로 이해할 수 있는 철학책이나 과학책만이 불면의 밤을 함께하는 친구가 될 수 있다. 하지만 그런 책을 수십 쪽 읽어도 눈이 저절로 감기지 않으면, 그때부터는 전자책을 옆으로 치워 버리고 그냥 그 시간을 견디기를 택한다. 눈을 감고 누워 있기만 해도 잠자는 것과 같은 효과가 있다는, 어딘가에서 주워들은 아무런 근거 없는 말을 모태신앙처럼 믿어 보며.

이상하게도 내가 가장 높은 확률로 잠을 이루지 못하는 장소는 친정집이다. 잠자리가 바뀌는 탓도 있지만, 결혼한 뒤 친정집에서 처음 한두 번 뜬눈으로 밤을 새운 후 '여기서는 잠이 안 온다'라고 인식하게 된 것이 정신을 더욱 각성시키는 듯하다.

남편과 아들은 옆에서 코를 골며 자고 있는데 나만 올빼미처럼 뜬눈으로 커튼 틈을 파고드는 가로등 불빛을 노려보고 있는 건 기이하고도 외로운 경험이다. 도저히 안 되겠다 싶을 때는 엄마의 서랍에서 수면유도제를 꺼내 먹기도 한다. (엄마도 수면 장애를 겪고 있다.) 플라시보 효과인지 진짜 약효인지 모르겠지만 그러면 대개는 한 시간 안에 잘 수 있다. 그러나 약에 의지해 잠드는 건 아직은 별로 내키지 않으니 이 방법은 친정집에서만 쓰기로 한다.

그렇게 잠들지 못하는 밤이면 반드시 불쑥 떠오르는 장면이 있다. 초등학교인가 중학교의 수학여행에서, 같은 반 아이들과 다 함께 넓은 방에 이부자리를 깔고 누웠을 때의 기억이다. 친구들은 나에게서 등을 돌린 채 하나둘 곯아떨어지고, 나는 그 애들 등을 보며 혼자 이쪽 세계에 남겨진다. 그리고 그 장면은 배경을 바꿔 가며 인생에서 수차례 반복되었다. 고등학교 기숙사에서, 대학 동기들과 함께 살던 자취방에서, 친구와 여행지에서 함께 잡은 호텔 방에서, 남편과 나란히 누운 우리 집 침대 위에서.

잠을 못 자면 다음 날 몸이 무거운 것도 있지만, 내 경우 그럴 때 기분이 끔찍해진다는 게 더 큰 문제다. 소풍날 모두 놀이공원으로 떠났는데 나만 학교에 홀로 남겨진 기분, 기차를 타고 떠나는 사람들을 배웅하며 텅 빈 플랫폼에 혼자 서 있는 기분, 그런 밑도 끝도 없는 기분의 출처가 어디인지 나는 아직도 모르겠다. 어쩌면 내 무의식이 잠을 일종의 죽음으로 여기는 것인지도 모른다.

가수 아이유는 직접 가사를 쓴 노래 〈밤편지〉에 대해 이야기하며, '나는 이렇게 못 자고 있지만 너는 잘 잤으면 좋겠어'라는 마음이 사랑인 것 같다고 했다. 불면인이라면 이 말에 절절하게 공감할 것이다. 물론 나도 나의 불면과는 상관없이 같이 있는 사람들이 잘 잤으면 좋겠지만, 그래도 그들이 나보다 먼저 잠드는 것만은 싫을 때가 많다.(대체 왜 이렇게까지 남겨지는 걸 못 견디는 거야…… 전생에 패잔병이었나?)

그런데 얼마 전 윤정과의 도쿄 여행에서 마음의 변화가 일어났다. 앞서 쓴 대로 나는 이틀 동안 혼자 여행하고 사흘째에 윤정을 만났는데, 그 이틀간 두 시간도 제대로 못 잔 상태였다. 우리가 함께 빌린 숙소는 전철역에서 한참 떨어진 좁은 골목에 있는 에어비앤비였다. '브루클린 스타일의 힙한 숙소'라는 설명에 이끌려 선택했지만 비 내리는 밤에 도착해서 본 첫인상은 벽과 커튼과 테이블과 침대와 침구가 죄다 검은색 아니면 짙은 남색이라서 까마귀 집 같다는 것이었다.(진짜 까마귀 집이었다면 좀 더 반짝이는 것을 모아 놨겠지만…….) 게다가 방음 상태가 매우 나빠 머리맡의 큰 창문으로 빗방울이 아스팔트 바닥을 때리는 소리가 새벽 내내 들렸다. 빗소리 ASMR을 따로 틀 필요가 없다는 점만은 고마운 일이었다.

이날만은 반드시 자야 한다는 초조함과 과연 잘 수 있을까 하는 불안감이 회오리치다 보니 또 잠이 오지 않았다. 나처럼 낯선 곳에서 잠을 잘 자지 못하는 윤정은 귀마개를 하고 누웠다. 나도 거의 기도하는 심정으로 눈을 감고 있었다. 선잠이 들었다가 눈을 떠 보니 아직 새벽 두 시였다. 옆 침대에서 규칙적인 숨소리가 들렸다. 아, 애가 잘 자고 있구나, 너무 다행이다, 하고 나도 모르게 생각했다.

혼자 눈을 뜨고 있어서 외로운 게 아니라 다행

이라는 생각이 가장 먼저 들다니. 그건 내가 처음 겪는 새로운 감정이었다. 이 낯선 곳에서 친구가 잘 자고 있는 게 내가 잘 자는 것보다 좋을 수 있다니, 이게 사랑이 아니면 대체 뭘까.(아이유 님의 말은 틀리지 않았다!) 그다음 날은 내가 비교적 잘 자고 윤정이 못 잤는데, 윤정 역시 나의 숨소리가 위안이 되더라는 불면 후기(?)를 전해 왔다. 우리 사랑 쌍방향이네…….

그 뒤로는 잠이 오지 않는 밤이면 숙면을 빌어 주고 싶은 사람들을 떠올린다. 노이즈 캔슬링 이어폰이나 눈 찜질팩, 열몇 시간짜리 오디오 매거진, 난해한 책, 그런 것들의 도움 없이도 그들이 베개에 머리를 대고 눕는 즉시 잠의 세계로 쑥 떨어지기를 기도한다. 그들 중 몇몇은 이미 평화로운 숨소리를 내며 잠들어 있을 거라고 믿어 본다. 그러면 이 세계에 혼자 남겨진 듯한 끔찍한 기분이 조금 나아진다. 불면의 밤을 겪는 중에도 내 안에 그런 마음이 남아 있다는 건, 나를 조금은 덜 외롭게 만든다.

정갈한 생활

핀터레스트라는 SNS가 있다. 페이스북이나 인스타그램과는 달리 필요한 이미지를 찾거나 모으는 데 주로 쓰인다. 예컨대 '멋진 집'을 검색하면 잡지에서나 볼 법한 근사한 집 사진이 좌르륵 뜨고, 이용자는 그 중 마음에 드는 이미지를 클릭하여 '핀'에 꽂아 자신의 '보드'로 수집할 수 있다. 거기서 '인테리어'라는 키워드에 딸려 나오는 사진들을 구경하는 것이 요즘 나의 새로운 취미다. 티끌 하나 없는 타일 바닥과 고급스러운 가구, 새하얀 커튼과 싱싱한 관엽 식물들은 직사각형 앵글 속에서 완벽한 조화를 이룬다. 아, 예쁘다, 하는 탄성과 함께 한숨도 절로 난다. 그 이미지들은 뭐랄까, 유리 케이스 속 인형의 집처럼 결점 없이 아름답다.

비단 핀터레스트뿐만 아니라, 인스타그램이나 블로그 등에서도 최근 몇 년 사이에 그런 이미지들이 부쩍 많이 보인다. 내 집도 그 이미지처럼 만들고 싶다는 욕망이 치밀어 오르는 것과 동시에, 한편으로는 그것을 날름 추종할 수 없는 복잡한 마음이 든다. '기준'으로 삼기에 그런 이미지들은 지나치게 고아하기 때문이다.

일본 에세이를 번역할 때 자주 접하는 표현으로 '테이네이나 쿠라시丁寧な暮らし'라는 것이 있다. '쿠라시'는 생활, '테이네이'는 일한사전을 찾아보면 1. 주의 깊고 신중함 2. 친절함, 정중함, 공손함이라고 정의되어 있다. 친절한(정중한) 생활이라니 이게 대체 무슨 말인가 싶을 텐데, 일일사전에서는 '테이네이'의 뜻으

로 '자잘한 부분까지 신경 쓰는 모습' '꼼꼼하게 정성을 다하는 모습'이 가장 먼저 나온다. 즉 '테이네이나 쿠라시'라고 하면 손이 많이 가는 요리를 만들거나, 옷을 정성껏 다려 입거나, 집을 아름답게 꾸미는 데 신경 쓰는 생활을 뜻한다.

일상을 이루는 사소한 요소에 시간과 수고를 들이는 것. 이를 한 단어로 표현하기는 무척 어렵지만 나는 문맥상 무리가 없다면 '정갈한 생활'로 옮기고는 한다.(이렇게 번역했을 때 새어 나가는 뉘앙스로 인해 아쉬움이 있으나 아직 더 나은 대안을 찾지 못했다.)

지금은 '테이네이나 쿠라시'가 하나의 거대한 트렌드가 되어, 이 키워드로 검색하면 가구 회사 카탈로그에서 튀어나온 듯한 거실이나 직접 구운 빵, 솥밥에 대여섯 가지 반찬이 차려진 식탁 등의 사진과 동영상이 끝도 없이 나온다.(그중 자동 번역된 한 유튜브 클립의 제목이 '정중한 삶'이라고 되어 있어서 혼자 웃었다. 이보게, AI 번역기여, 아직은 인간 번역가가 필요하다는 사실을 인정하라고.)

한편으로는 "테이네이나 쿠라시를 할 것 같은 사람은 헤어밴드를 하고 다니고, 면 소재의 옷을 입으며, 집에서 빵을 만들면서 '맛있어져라' 하고 주문을 왼다"라는 식으로 다소 희화화하는 영상도 존재한다. 으음, 놀리고 싶은 마음은 알겠다. '테이네이나 쿠라시'의 본질은 자기 자신에게 질 좋은 삶을 선물하는 것일 텐데, 그 태그가 붙은 사진이나 영상 속의 모습은 실제 생활이라기보다 남들에게 보여 주기 위해 꾸며 낸 이미지로 느껴질 때가 있으니까.

아침에 일어났을 때의 어깨 결림이라든지 핑크색 화장실 곰팡이의 존재가 깨끗하게 표백된 이미지. 마치 핀터레스트 속에서 살아가는 듯한 삶. 벽에 붙여 둔 포스터 같은 그런 생활이 과연 실재할까. '테이네이나 쿠라시'라는 태그의 뒷면에는 프레임에 채 담기지 않은 삶의 찌든 때가 분명 있을 것이다.(……있겠지?) 하지만 우리는 표백된 이미지를 SNS에 전시함으로써 스스로를 홍보하는 시대를 살아가고 있기도 하다. 그러므로 타인의 SNS를 볼 때는 그 사실을 머릿속 어딘가에 집어넣어 두고 프레임 바깥을 상상하는 능력이 필요하다. 이는 남들의 정갈한 생활을 가짜라고 비웃기 위해서가 아니라, 그 생활과 내 일상을 비교하며 자괴감에 빠지지 않기 위해서다.

지쳐서 설거지할 힘도 없을 때, 빨랫감이 산더미처럼 쌓여 있을 때, 선반에 쌓여 있는 먼지를 모른 척하고 싶을 때, 그럴 때 '테이네이나 쿠라시' 태그의 범람은 일종의 압박으로 다가올 수도 있다. 아무리 바빠도 집밥을 해 먹어야지. 냉장고에는 손질이 완료된 제철 식재료가 가득 들어 있어야 해. 서랍에는 모름지기 섬유유연제 향이 폴폴 나는 속옷과 양말이 각 잡혀 개켜져 있어야 하고 말이야. 그래야 제대로 사는 것이니까. SNS를 봐. 다들 그렇게 하고 있잖아?

……아니다. 그럴 리 없다는 걸 우리 모두 알고 있기에, 그러면서도 마음 한편에서는 그런 생활을 손에 넣고 싶어 하기에 '테이네이나 쿠라시'를 비웃는 동시에 동경하는 것이다. 그렇다면 그런 모순된 마음까지 포함하는 태그를 새로 만들어 버리는 것은 어떤가? 일테면 물먹은 솜처럼 무거운 몸으로 꾸역꾸역 화장실을 청소하고 마룻바닥을 닦고 밑반찬을 만드는 생활에 붙일 수 있는 태그 말이다.

적어도 나에게는 집의 다른 부분은 엉망진창일

지라도 찬장 한 칸, 서랍 한 칸이나마 깨끗하게 정리했을 때 붙일 태그가 필요하다.(#사막에핀장미? #진흙속진주? #먼지속다이아?) 일주일 내내 배달 음식으로 끼니를 때우다가 하루 날 잡고 요리를 했을 때 붙이는 태그가 있어도 좋을 것이다.

딱 그 부분만 떼어 내어 사진을 찍으면 그 또한 '테이네이나 쿠라시'와 다를 바 없겠지만, 그런 우아한 이미지 뒤에는 반드시 생활의 냄새를 짙게 풍기는 배경이 아웃 포커스로 존재한다는 사실을 잊지 않고 싶다. 나는 '제대로 사는 것'과 '제대로 살지 못하는 것'의 이분법에서 벗어난 회색 지대에서 뒹굴며, 오늘 하루의 생활 중 단 한 가지라도 내 마음에 드는 것이 있었다면 그것으로 기쁨과 즐거움을 느끼고 싶다.

오늘 새벽에는 유하가 오랜만에 이불에 오줌을 싸서 유하 침대 위의 모든 것—방수요, 극세사 이불, 봉제 인형 여섯 개, 애착 담요 두 개—을 죄다 빨았다. 내친김에 안방 침대 이불과 커버도 교체했다. 아침을 먹고 나온 식기들을 식기세척기에 집어넣고 바닥에 있던 물건들을 치운 다음 로봇청소기를 돌렸다. 이제

나는 커피 한 잔을 뽑아서 책상으로 가져가 오늘의 일을 시작할 것이다. 어제 업무를 마무리하며 정리해 둔 책상은 완벽히 정돈된 상태라고는 할 수 없지만 내가 즐겨 쓰는 물건들이 소박한 조화를 이루고 있고, 그 작은 질서는 아침마다 나를 기분 좋게 만들어 준다.

물론 나의 이런 생활은 '테이네이나 쿠라시'의 정의에 부합하지 않는다.(어느 설문조사에 따르면 기계에 의존하지 않고 모든 집안일을 직접 하는 것을 '테이네이나 쿠라시'라고 생각하는 사람도 많다는데, 식세기와 로청기를 사용한 시점에서 이미 나는 글러 먹었다.) 꽉 찬 청소기 먼지통과 깨끗한 마룻바닥, 카오스 상태의 냉장고와 말끔한 찬장이 혼재하는 생활. 이것이 지금의 내가 나 자신에게서 뽑아낼 수 있는 최대치의 '정갈한 생활'이다. 핀터레스트에는 결코 올리지 않을 그 생활 속에서 나는 대체로 만족하고 가끔 진절머리를 낸다. 인생 별거 있나, 이만하면 된 거지.

자, 이제 내 서랍엔 뭐가 남았지?
린넨 커튼, 마사지볼, 파스텔톤 인덱스 테이프,
블랙윙 연필, 가염버터와 사과잼,
미리 끊어 둔 비행기표,
연주회장에서 나오는 길에 누군가가
휘파람으로 불었던 라흐마니노프
피아노 협주곡 3번의 도입부 선율,
그리고…….

에필로그

우리에게서 마지막까지 남게 되는 것은

임신과 출산을 겪은 뒤로 기억력이 심각하게 나빠졌다. 불과 1분 전에 빨아야겠다고 생각한 옷을 세탁기를 돌린 다음에야 욕실에서 발견한다거나(얼룩진 부분만 손빨래한 뒤 세탁기에 넣으려고 했었다), 휴대폰을 거실에 두고 안방으로 가는 몇 걸음 사이에 '그런데 휴대폰이 어디 있더라?' 하며 다시 거실로 나온다거나, 차 키로 차 문을 열고 운전석에 타는 몇 초 사이에

키를 어디 넣었는지 까먹는다거나, 샀던 책을 또 산다거나. 심지어 얼마 전에는 집에서 안경을 잃어버렸는데 빨래가 끝난 세탁기 속에서 나왔다…….

모두 자잘한 실수이니 대수롭지 않게 보일 수도 있지만, 문제는 이런 일들이 너무 자주 발생한다는 것이다. 나 하나의 일상에만 얽힌 실수라면 손발이 고생하는 것으로 어찌어찌 넘어갈 수 있다. 하지만 보호자가 참석해야 하는 유하의 유치원 행사를 까먹거나, 편집자와의 미팅을 당일 아침까지 잊고 있는 사태마저 발생했다. 좋아하는 작가와 영화감독의 이름을, 한 달 내내 들은 노래의 제목을, 고심해 번역한 문장들을 머릿속에서 꺼내지 못하게 된 나는 더는 자신을 믿을 수 없었다. 이러다 언젠가는 정말 중요한 걸 까맣게 잊어버리는 날이 올지도 모른다. 잊은 것이 뭔지도 모르는 채, 뭔가를 잊었다는 허전함만으로 머리를 쥐어뜯고 가슴을 치는 날이 올지도 모른다. 마치 영화 〈이터널 선샤인〉 후반부의 조엘과 클레멘타인처럼, 지붕과 벽이 무너지고 파도가 밀려드는 기억의 집 속에서 황망한 얼굴로 우두커니 서 있게 될지도 모른다.(영화 주인공들 이름은 어떻게 용케 기억했느냐고요? 당연히 검색해 봤습니다.) 그건 형체가 아주 뚜렷한 공포였다.

자신의 상태를 인지한 나는 적극적으로 보조 장치를 이용하기 시작했다. 중요한 일정은 휴대폰 캘린더 앱에 기록하고 예정 시각 전에 알람이 10분 간격으로 두세 번 울리도록 설정해 둔다. 세탁기의 빨래를 건조기로 옮겨야 한다거나 보리차가 끓고 있는 가스레인지의 불을 꺼야 하는 경우에도 종료 시각에 맞춰 타이머를 세팅해 둔다.

교정지 마감일이나 번역 원고 마감일은 다이어리에 수기로 쓴 다음 캘린더 앱에 한 번 더 기록한다. 강박증이 도질 때면 추가로 포스트잇에 써서 모니터 옆에 붙여 두기도 한다. 이렇게 열거해 보니 그냥 AI 비서를 들이는 게 나을 성싶어 휴대폰에 대고 "시리야, 너 내 비서 할래?"라고 물었더니 "그건 잘 모르겠습니다. 제가 도울 수 있는 다른 일이 있을까요?"란다. 비서로 태어난 자신의 본질을 부정하는 AI라, 이걸 미래적이라고 해야 할지…….

이런 상상을 해 본다. 만약 내 뇌의 용량이 정말로 꽉 차 버렸고, 그래서 하루 중 딱 1초만 선택해 장기 기억에 남길 수 있다면 어떤 장면을 선택할 것인가? 실제로 이와 유사한 장치가 현실 세계에 존재한다. '원 세컨드 에브리데이(1SE)'라는 애플리케이션인데, 그 이름대로 하루를 1초짜리 동영상으로 편집해 기록하는 일종의 영상 일기장이다.

앱을 켜면 달력 모양의 타임라인이 나오고, 각 날짜 칸에 그날 찍은 동영상이 뜬다. 사용자는 그 동영상 속에서 남겨 두고 싶은 1초를 직접 선택할 수도 있고, 랜덤으로 추출할 수도 있다. 그런 다음 일주일, 한 달, 1년 등의 기간을 선택하면 1초짜리 하루하루가 7초씩, 30초씩, 365초씩 이어져 나오는 영상이 생성된다.

내가 이 앱을 가장 즐겨 썼던 건 십여 년 전이다. 일상을 기록하는 용도로도 좋았지만, 여행 중에 이 앱을 쓰면 생활자의 태도로는 감지하기 어려운 낯선 곳의 신선한 공기를 영상의 형태로 오래 남겨 둘 수 있었다. 장미꽃 덩굴이 우거진 붉은 벽돌 벽을 배경으로 하늘색 플레어스커트를 입고 빙그르르 도는 내 친구, 마침 축제날 방문한 마을에서 딱 마주친 음악대, 오래된 성당의 미사 장면…….(1초란 의외로 긴 시간이다.) 고생의 흔적은 제외하고 좋은 기억만 선택한 그 영상을 충실한 기록이라고 부를 수는 없을 것이다. 그러나 거기에는 내가 골라 낸 아름다움이 있다. 그거면 적어도 나한테는 가치가 충분하다.

오랜만에 1SE 앱을 켜 봤다. 업데이트되어 낯설어진 화면 구성에 애를 먹으며 이것저것 눌러 보니, 내가 예전에 만들어 둔 2013년 2월 13일부터 2019년 5월 1일까지의 영상이 나왔다. 내 휴대폰에서도 진작 사라진, 아마도 어딘가의 클라우드에 저장되어 있었던 듯한 영상이다. 건강했던 나의 고양이들, 친구들과의 연말 파티, 제주도에서 만난 강아지, 기고 걷고 뛰는 유하가 1초씩 망막을 스쳤다. 영상을 아예 안 찍은 날도 많아서 6년 3개월이 단 2분으로 압축되었다.

만약 내가 오늘부터 하루 속 기억하고 싶은 순간을 꾸준히 영상으로 남겨 둔다면, 그게 몇십 년 분량이 쌓이면 무엇이 되는 걸까. 지금부터의 여생을 그런 식으로 기록한 뒤 내가 세상에서 사라지고 나면, 클라우드 어딘가에 남게 될 그 영상은 무엇이 되는 걸까.

영화 〈애프터 양〉에는 자신의 하루 중 3초를 선

택해 기록하는 안드로이드가 등장한다. 안드로이드와 복제 인간이 보편화된 미래의 어느 도시, 제이크와 키라 부부는 입양한 중국계 딸 미카의 정체성 형성을 위해 중국인 남성의 외모를 한 안드로이드 '양'을 중고로 구입한다. 양은 친오빠처럼 미카를 살뜰하게 보살피지만, 가족 댄스 경연 대회에 참여해 춤을 추다가 오류를 일으킨 것을 마지막으로 작동을 멈춘다. 제이크는 양을 고치기 위해 이곳저곳을 찾아다니는 과정에서 양에게 특별한 기억 장치가 있다는 사실을 알게 된다. 양은 인간에게 알려지지 않은 어떤 메커니즘에 의해 자신의 하루 중 3초를 매일 녹화하고 있었던 것이다.

제이크는 선글라스처럼 생긴 기기를 쓰고 양의 기억을 열람해 본다. 암흑 공간 속에 빛의 숲이 나타난다. 카메라의 시점이 그 속으로 빨려 들어가자 멀리서는 숲처럼 보였던 것이 낱낱의 점이 되고, 다시 그 점 하나가 화면 전체로 부드럽게 퍼지며 양의 3초짜리 기억이 된다.

양이 기록한 순간은 이런 것들이었다. 갓난아기 시절의 칭얼대는 미카를 안고 부드럽게 어르는 키라,

걸음마를 시작한 미카, 차를 우려내는 제이크, '릴리 슈슈' 티셔츠를 입고 거울 앞에 서 있는 자신. 바람에 흔들리는 나뭇잎, 회색 벽에 드리워진 수풀 그림자, 햇빛에 반짝이는 거미줄. 더 깊은 기억 속에는 제이크가 본 적 없는 얼굴들도 있었다. 양이 제이크의 집으로 오기 전에 관계를 맺고 사랑했던 사람들이다. 제이크는 줄곧 양을 기계로만 대했으나 양의 기록은 양이 그 이상의 존재임을 증명한다. 양에게는 자기 존재에 대한 자각이 있었고, 사랑과 슬픔과 우울과 다정함이 있었다. 그리고 무엇보다, 양은 아름다움을 느낄 줄 알았다.

제이크는 양이 떠난 다음에야 그가 남긴 기억을 통해 양에 대한 이해에 뒤늦게 도달한다. 양은 이제 없는데 그게 무슨 소용이냐고 묻는 건 우문이다. 양을 이해함으로써 제이크의 견고한 껍질에는 구멍이 뚫렸고, 제이크는 이제 창문이 된 그 구멍을 통해 새로운 장면들을 볼 수 있다. 거기에 더는 양이 존재하지 않더라도 말이다.

다시 1SE 이야기로 돌아가 보자. 만약 내가 모든 것을 점차 잊어 가고, 반대로 1SE에는 나의 기록이 점점 쌓여 간다면, '나'의 본질은 어느 쪽에 있다고 해야 할까? 어쩌면 기억을 잃은 나는 1SE의 영상을 돌려 보며 자신이 누구인지 재인식할지도 모른다. 혹은 1SE에 하루의 어떤 순간을 기록해야 한다는 사실마저 언젠가 잊어버릴지도 모른다. 훗날 내가 세상에서 사라지면, 나와 관련된 사람들에게는 희박한 확률로 그 기록이 작은 창문 구실을 할 수도 있을 것이다. 내 고손자쯤 되는 아이가 우연히 나의 클라우드에 접속해 영상을 열람한다면, 고조할머니가 찍어 둔 해수면에 부서지는 햇살과 바람에 흩어지는 구름 같은 걸 볼 수도 있겠다. 인생의 이 찰나는, 그것을 통해 어쩌면 아득한 영원으로 이어질 수도 있지 않을까.✦

아득한 영원. 그것이 끝이 보이지 않는 지평선 너머까지 펼쳐진 기나긴 띠라면, 사람의 인생은 그 띠에

✦ 헤르만 헤세의 1908년 편지에서 변형. "하지만 그것이야말로 인생이 아닐까요. 생산이나 목적이나 진척 따위에 조금도 신경 쓰지 않고, 그저 지금 이 순간을 자신의 손으로 사랑하는 것 말입니다. 인생의 이 찰나는 그것을 통해서만 아득한 영원으로 이어지는 게 아닐까요."(『헤르만 헤세 인생의 말』 124~125쪽, 헤르만 헤세 지음, 이지수 옮김, 더블북.)

서 가느다란 주름 하나도 차지하지 못할 것이다. 영원의 길이에 비하면 한숨 한 번 내쉬기에도 모자란 짧은 순간. 그래서 가끔은 이 모든 게, 그러니까 울고 웃고 화내고 안달하고 슬퍼하고 기뻐하는 그런 것들이 너무나 부질없게 느껴진다. 그러면 내 발은 또다시 이곳에 딱 붙어 있지 못하고 어딘가로 자꾸 미끄러진다. 하지만 지금은 나의 서랍 속에 작고 단단한 기쁨들이 의외로 많이 들어 있다는 것을 안다. 영원의 띠에 흩뿌려 놓으면 거의 보이지도 않을, 먼지처럼 작디작은 알갱이들.

내가 아무리 부정하려 해도 그 알갱이들은 영원 속에 존재하며 영원을 구성한다. 양의 3초짜리 기억들처럼, 내가 종종 미끄러져 들어가는 크레바스 속에서도 그 알갱이들은 반짝이고 있다. 그러므로 나는 그것들을 손에 꼭 쥐고 이 삶의 부질없음을 견뎌 볼 생각이다. 우리에게 선택권이 있다면 마지막까지 기억에 남겨 둘 것은 결국 그런 게 아닐까. 아득한 영원으로 이어질 수도 있는, 반짝이는 조그만 알갱이들.

내 서랍 속 작은 사치

2024년 8월 28일 처음 찍음

지은이 이지수
펴낸곳 도서출판 낮은산
펴낸이 정광호
편집 강설애
제작 세걸음

출판 등록 2000년 7월 19일 제10-2015호
주소 10881 경기도 파주시 회동길 216 202호
전화 02-335-7365(7362)
팩스 02-335-7380
홈페이지 www.littlemt.com
이메일 littlemt2001ch@gmail.com
인스타그램 @little_mt2001
제판·인쇄·제본 상지사P&B

ISBN 979-11-5525-174-4 03810